驻马店市气象局
驻马店市气象科普馆
联合策划

律韵四季

——诗叙气象万千

魏慧娟 编著

气象出版社
China Meteorological Press

内容简介

本书集结了作者100首原创诗歌，分为春之情、夏之歌、秋之恋、冬之韵四个部分。作者以一个知性的气象姐姐形象，将天气变化对人们生活的影响用诗歌这种韵律优美、阅读性强的方式表达出来。诗歌是作者根据实时天气预报内容，结合大自然的风云变幻有感而发，或是表达对四季轮回、春华秋实的敬畏，或是描写春花秋月的雅致、风霜雨雪的豪情，又或是抒发对晴空繁花的喜爱、对残荷落叶的悲悯等，让读者在了解天气变化的同时，还能得到愉悦的阅读体验。每首诗歌后附有“作者分享”和“气象科普课堂”两个部分，前者介绍作者创作诗歌时的天气背景以及作者的情感体悟，后者对相关气象科学知识进行解读和介绍，引导读者在更好融入诗歌意境的同时，还能对相关的气象知识有所了解。

图书在版编目（CIP）数据

律韵四季 ： 诗叙气象万千 / 魏慧娟编著. -- 北京 ： 气象出版社，2022.4
ISBN 978-7-5029-7675-0

Ⅰ. ①律… Ⅱ. ①魏… Ⅲ. ①诗集－中国－当代 Ⅳ. ①I227

中国版本图书馆CIP数据核字(2022)第042252号

律韵四季——诗叙气象万千
Lü Yun Siji —— Shi Xu Qixiang Wanqian

出版发行： 气象出版社
地　　址： 北京市海淀区中关村南大街46号　　**邮政编码：** 100081
电　　话： 010-68407112（总编室）　010-68408042（发行部）
网　　址： http：//www.qxcbs.com　　**E-mail：** qxcbs@cma.gov.cn
责任编辑： 黄海燕　　**终　　审：** 吴晓鹏
责任校对： 张硕杰　　**责任技编：** 赵相宁
封面设计： 博雅锦
印　　刷： 北京中科印刷有限公司
开　　本： 710 mm×1000 mm　1/16　　**印　　张：** 7.5
字　　数： 147千字
版　　次： 2022年4月第1版　　**印　　次：** 2022年4月第1次印刷
定　　价： 48.00元

自序

用心用情，诗叙气象万千

《律韵四季——诗叙气象万千》是献给青少年读者的一本气象科普诗集。笔者在担任《天中晚报》“魏姐说天气”专栏主笔四年以来，笔耕不辍，发表了数百首气象主题仿古体诗。本书汇集了其中个人认为较为有趣的作品，以四季为经，以科普为纬，以诗歌为线，将四季气象科普编织在一起，期望喜欢诗歌的朋友能和笔者一起品味文字魅力、感悟气象万千，同时了解一些相关的气象科学知识。

笔者是一个感性的人，看到春花秋月会发自内心地欢喜，看到落英流水会不自觉地伤感，对美文和美食一样兴趣盎然，经典的古诗词更是百读不厌、常读常新。读得多了，自己心里有感触时忍不住也试着吟上几句，日子久了就成了习惯，偶得佳句时倍觉快乐。从城市的游园到乡村的田野，从路边的一草一木到市井涌动的烟火气，大自然的风云变幻影响着我们的生活，也总让笔者有一种冲动，渴望能用优美的语言去表达对日月其迈、四季轮回的敬畏，去描写春花秋月的雅致、风霜雨雪的豪情，或者去抒发对晴空繁花的喜爱、对残荷落叶的悲悯等。

说来也惭愧，本人未经历过中国文学的专业学习，并无半点儿古体诗词功底，写出来的东西只能算是“涂鸦”。本来，这点“涂鸦”之作只想自己收藏，并不打算示人。偶然的机会，使这一切都变了。

近年来，在全球变暖的气候背景下，全球各地极端天气事件频发，过去“几十年一遇”“百年一遇”的极端天气气候事件，正变得越来越常见，重大气象灾害给人类造成的损失也越来越大。提高天气预报预警水平、加强气象科学知识推广普及，是时代赋予气象人的重要使命。践行“人民至上、生命至上”理念，提高社会的防灾减灾意识和能力，让政府和公众能充分利用气象信息和科学知识趋利避害，气象科普工作意义重大、责任重大。

本书以四季为序，挑选了100首具有代表性的诗歌进行整理、润色，在此基础上增加了对气象业务内容和规范、二十四节气、各季节主要天气现象、全球气候变暖形势下的异常天气等气象知识点的介绍和解读，并把创作诗歌时的天气背景和自己的心理感悟与大家分享，也算是对自己这部分工作的一个小结和升华。本书所有诗歌和“作者分享”均为原创，“气象科普课堂”是作者精心挑选的100个气象知识点，经过查阅大量文献资料整理、编撰而成。

借着本书出版之际，深深地感谢驻马店市气象局——我的家！是这个优秀、和睦的大家庭给了我展示自我的机会和平台。感谢吴骞局长的大力支持！感谢梅新建、魏纪滨、林文全、武建华、莫小沛给本书的润色和指导！感谢所有喜欢我诗歌的老师、同学、同事和朋友们！你们的关注、支持和鼓励是我力量的源泉，赋予我所有的努力以非凡的意义。

本书是对本人四年来诗歌科普的总结，也是以后气象服务工作的起点。像一个学步的孩童迈出了人生的第一步。“路漫漫其修远兮，吾将上下而求索”，学无止境，勤则可达；志存高远，恒亦能成！与朋友们共勉！

魏慧娟

2022年2月

目录

自序

春之情

早春 | 认识“天气”与“气候”……003
暖春 | 中国五大气候类型……004
春 | 二十四节气……005
立春 | 二十四节气之立春……006
雨水 | 二十四节气之雨水……007
春日 | 二十四节气之惊蛰……008
花野 | 二十四节气之春分……009
清明 | 二十四节气之清明……010
十里海棠 | 二十四节气之谷雨……011
春夜 | 天气预报里“白天”和“夜间”的划分……012
三月三 | 百叶箱里的秘密……013
嵖岈春色 | 气象数据的采集……014
樱花 | 综合气象观测系统……015
挖荠菜 | 四种类型的地面气象观测站……016
春花 | 地面气象观测……017
鸢尾 | 常用的气象观测仪器……018
游湖 | 《风力歌》……019
雨后 | 降水观测……020
初荷 | 地温观测……021
暮春之夜 | 积温观测……022
花事 | 天气现象符号和天气图……023

芍药园 | 数值天气预报……024
春意 | 气象灾害种类……025
春雨 | 倒春寒……026

夏之歌

初夏 | 天气预报会商……029
夏雨 | 自然灾害风险普查……030
三夏 | 气象服务类型……031
麦收 | 气象灾害预警信号……032
夏日雨后 | 《中华人民共和国气象法》……033
栀香 | 气象指数预报……034
立夏 | 二十四节气之立夏……035
小满 | 二十四节气之小满……036
芒种 | 二十四节气之芒种……037
夏至 | 二十四节气之夏至……038
夏日三事 | 二十四节气之小暑……039
暑日 | 二十四节气之大暑……040
端午 | 端午节……041
夏旱 | 夏旱……042
干热风 | 干热风……043
伏热 | 焚风……044
雨日 | 梅雨……045
夏夜 | 体感温度……046

伏日 | 气象卫星 ······ 047
夏日 | 卫星云图 ······ 048
雨来 | 气象雷达 ······ 049
夏 | 高气压及其对应的天气 ······ 050
夏光 | 副热带高压 ······ 051
荷塘新雨 | 低气压及其对应的天气 ······ 052
雷雨 | 强对流天气 ······ 053
雷阵雨 | 龙卷 ······ 054
大雨 | 飑线 ······ 055
中伏 | 三伏 ······ 056
台风 | 台风的产生及其移动路径 ······ 057
雨 | 台风和飓风的命名规则 ······ 058
抗洪 | 暴雨成因及其危害 ······ 059
重建家园 | 暴雨预警信号 ······ 060
远雷 | 雷电及其危害 ······ 061
雹暴 | 雷电防御指南 ······ 062

秋之恋

太阳雨 | 太阳雨 ······ 065
火烧云 | 火烧云、彩虹 ······ 066
游鸡公山 | 风的形成原因和种类 ······ 067
秋寒 | 大风预警信号 ······ 068
秋歌 | 冰雹 ······ 069

秋桂 | 冰雹预警及防御指南 ······070
潮日 | 低涡、冷涡、极涡 ······071
秋野 | 影响我国的冷空气来源及路径 ······072
秋荷 | 冷锋、暖锋 ······073
秋意 | 切变线、辐合线及其影响天气 ······074
秋老虎 | 秋老虎 ······075
初秋 | 二十四节气之立秋 ······076
秋影 | 二十四节气之处暑 ······077
白露 | 二十四节气之白露 ······078
秋分 | 二十四节气之秋分 ······079
寒露 | 二十四节气之寒露 ······080
霜降 | 二十四节气之霜降 ······081
重阳 | 重阳节 ······082

冬之韵

立冬 | 二十四节气之立冬 ······085
雪 | 二十四节气之小雪 ······086
大雪 | 二十四节气之大雪 ······087
冬至 | 二十四节气之冬至 ······088
初冬暖日 | 二十四节气之小寒 ······089
朔风 | 二十四节气之大寒 ······090
腊八 | 腊八节 ······091
小年 | 小年 ······092

春运 | 除夕…………093
寒夜 | 暴雪…………094
冬寒 | 暴雪预警…………095
入冬 | 低温冷害…………096
冬日宿鸭湖 | 极寒…………097
晴冬 | 雾的形成原因、种类、危害…………098
冬日小城 | 大雾预警及防御指南…………099
雾 | 雾和霾的区别…………100
冬雨 | 雨凇…………101
初雪 | 雾凇…………102
冬来 | 冻雨…………103
寒冬 | 霜冻…………104
寒潮 | 寒潮…………105
北风 | 沙尘暴…………106
寒潮前 | 厄尔尼诺和拉尼娜…………107
无常 | 全球变暖背景下极端天气气候事件增多…………108

春之情

早春

金乌巡碧空，白云逐南风。
向阳花开早，迎春缀枝藤。
积雪暗消融，野溪水泠泠。
乌雀嬉闹处，遥看草色青。

作者分享

早春时节，乍暖还寒，万物已经开始复苏。积雪松动消融，迎春花攀上枝藤，鸟雀在田野里欢唱嬉闹。小草刚刚钻出地面，近看稀疏零星，远望却是青青一片。大自然孕育了一冬的生机开始勃发！

气象科普课堂 认识“天气”与“气候”

“天气”和“气候”是两个不同的概念。

天气是指某一地区在某一瞬间或某一短时间内大气状态和大气现象的综合，如雷雨、大风、冰雹等，具有多变性。同一时间内不同地区的天气不完全一样，同一地区不同时间内的天气也常常不同。

气候不仅包括该地多年来经常发生的天气状况，还包括某些年份偶尔出现的极端天气状况，是某一时段内大量天气过程综合得出的长期大气状况。

“天气”和“气候”之间存在着统计联系，从时间上反映出微观与宏观的关系。气候是在月、季、年、数年、数百年或者更长时间尺度上发生的天气状况，一般用温度和降水来表征，即用冷、暖、干、湿 4 个基本特征来表述一个地区或者一段时间平均的气候状况。例如，南方气候温暖、北风气候寒冷，沿海地区气候湿润、沙漠地带气候干燥。

暖春

和煦暖阳约碧空，
梅香正浓柳条青。
紫燕归来寻旧巢，
闲人春野钓东风。

作者分享

晴朗的春日，梅园里疏影横斜暗香涌动，燕子在房檐下叽叽喳喳，嫩绿的柳条泛着青黄在南风中摆动，游春的人们闲适自在，尽情享受这愉悦时光。人间春色无限好，赏心乐事不思归！

气象科普课堂 中国五大气候类型

热带季风气候：分布在雷州半岛、海南岛、南海诸岛、台湾南部；主要特点是全年高温，冬季少雨，夏季多雨，气候较湿润。

亚热带季风气候：分布在秦岭—淮河以南、热带季风气候区以北、横断山脉3000米等高线以东直到台湾；主要特点是冬季温和少雨，夏季高温多雨。

温带季风气候：分布在秦岭—淮河以北、贺兰山、阴山、大兴安岭以东以南；主要特点是冬季低温少雨、夏季高温多雨，水热时间分布极不均匀。

高山高原气候：广泛分布于海拔2500米以上的高山和高原地区；主要特点是“一山有四季，十里不同天”。

温带大陆性气候：包括温带草原气候、温带沙漠气候和亚寒带针叶林气候；主要特点是气候的大陆性很强，气温年较差和日较差均较大，降水少，属于干旱或半干旱地区。

春

乍暖还寒早春季，
阴雨霏霏氲桃李。
山笼薄翠水笼烟，
一坡红梅正旖旎。

作者分享

春色如烟，乍暖还寒，细雨霏霏之中，柳色遥看近却无。桃李满树花骨朵已经孕育成熟。“一场春雨一场暖”，只待天色放晴，春天的势力范围就会大大推进一步！

气象科普课堂 二十四节气

二十四节气是上古农耕文明的产物，是先民为顺应农时，通过观察天体运行，认知一岁中时令、气候、物候等变化规律所形成的知识体系。它不仅用于指导农耕生产，更包含着丰富的民俗事象，是中华民族悠久历史文化的重要组成部分。

二十四节气最初依据斗转星移制定，现行的二十四节气依据太阳在回归黄道上的位置制定，把太阳周年运动轨迹划分为二十四等份，每15°为一等份，每一等份为一个节气，始于立春，终于大寒。

民间流传的二十四节气歌：立春阳气转，雨水沿河边，惊蛰乌鸦叫，春分地皮干，清明忙种麦，谷雨种大田；立夏鹅毛住，小满雀来全，芒种开了铲，夏至不拿棉，小暑不算热，大暑三伏天；立秋忙打甸，处暑动刀镰，白露烟上架，秋分不生田，寒露不算冷，霜降变了天；立冬交十月，小雪地封严，大雪江茬上，冬至不行船，小寒近腊月，大寒整一年。

2016 年 11 月 30 日，二十四节气被正式列入联合国教科文组织人类非物质文化遗产名录。

立春

晴晖熠熠亮乾坤，
西南来风诉温存。
野雀早知冬将尽，
黄草蔓里舞新春。

作者分享

山野里的鸟雀应该是最早感知到春天气息的一批小生灵吧，阳光明媚，南风温柔，黄草地里，鸟雀们欢聚着叽叽喳喳，它们是在庆祝春天的到来吧。

气象科普课堂 二十四节气之立春

立春（公历 2 月 4 日前后），二十四节气之首，又名“正月节”“岁节”“改岁”“岁旦”等。立，是“开始”的意思；春，意味着“温暖”“生长”。立春标志着一个新的轮回的开始，有万物起始、一切更生之意。

立春标志着闭藏的冬季已经过去，此时虽依然春寒料峭，但寒冬已尽，大自然生机勃发，万物开始复苏。

我国幅员辽阔，在北回归线以南，立春时节可以明显感觉到早春的气息，但对其他很多地区来说，立春只是春天的前奏，万物刚刚开始有复苏的迹象。

气象意义上的春天是这样定义的：若连续 5 天的日平均气温一年中第一次≥ 10 ℃，以第一天作为春季的开始。日平均气温是指当地 02 时、08 时、14 时、20 时气温的平均值。但春季正值冷暖交替时节，有时冷空气入侵，气温会急剧下降，因此现在有的地方又加了一条：接下来如果有低于 10 ℃的日子，也不能超过连续 5 天，否则不认为是春季的开始。

雨水

年气犹盛春气浓，
雨水时节花事醒。
河畔嫩柳闻莺啼，
麦青无际缀杏樱。

作者分享

过年的氛围还在，春天的气息就越来越浓了，雨水节气一到，气温回升加快，河畔柳浪闻莺，麦田绿涛滚滚，桃李樱杏陆续开放，天地一场花事就此拉开序幕。

气象科普课堂 二十四节气之雨水

雨水（公历 2 月 19 日前后），二十四节气之第二个节气。此时节降雨开始增多，北半球日照时数和日照强度增加，气温回升较快，暖湿空气开始活跃，与冷空气频繁较量形成降雨。“春雨贵如油”，适宜的降水对农作物的生长很重要。

在我国，有的地区春来早，有的地区春来晚。从气象学角度来说，雨水过后大部分地区最高气温一般能升到 0 ℃以上，南方不少地区平均气温多在 10 ℃以上。西南、江南的大多数地方都是一幅早春的景象，日光温暖，田野青青；华南地区则是春意盎然，百花盛开。但北方大部分地区还是寒冬萧瑟，尚未有春天的气息。

雪本是冬季的重要标志，进入雨水节气，我国北方一些地区仍会下雪，尚未走出冬天的范畴。黄河中下游及其附近地区全年降雪量最大、大雪最多的节气，既不是“小雪大雪”，更不是“小寒大寒”，而是此时的“雨水”。

雨水花信为：一候菜花、二候杏花、三候李花。花开准时为三候报信。

春日

雨过天青蓝，柳间燕飞旋。
斜阳照梅樱，风过花成团。
杏园长流连，清香染鬓边。
鞋底藏春泥，归来花满肩。

作者分享

一场春雨过后，清风和煦，天色蔚蓝，燕子在柳间穿梭，梅花樱花簇拥成团。流连在云霞一般的花海中，风过处香氛氤氲，落花满肩，就连鞋底镶嵌的泥土都沾染春的气息。

气象科普课堂 二十四节气之惊蛰

惊蛰（公历 3 月 5 日或 6 日），又名“启蛰”，二十四节气的第三个节气。惊蛰反映的是自然生物受节律变化影响而出现萌发生长的现象。时至惊蛰，阳气上升、气温回暖、春雷乍动、雨水增多，万物生机盎然。

“春雷惊百虫”，是指惊蛰时节春雷始鸣，惊醒蛰伏于地下越冬的昆虫。实际上，昆虫是听不到雷声的，大地回春，天气变暖才是它们结束冬眠、“惊而出走”的原因。

惊蛰时节，我国除东北、西北地区仍是银装素裹的冬日景象外，大部分地区平均气温已超过 0 ℃，华北地区日平均气温为 3 ～ 6 ℃，沿江江南超过 8 ℃，而西南和华南已达 10 ～ 15 ℃，早已是一派融融春光了。

我国各地春雷始鸣的时间各不相同，就多年平均而言，云南南部在 1 月底前后即可闻雷，北京的初雷日在 4 月下旬。“惊蛰始雷”的说法与长江中下游以南地区的气候规律相吻合。

从惊蛰开始，我国各地气温回升，日照增加，由南向北渐次开始春耕。

花野

野花不让桃独芳，
粉紫丛丛着意狂。
低矮总教人俯首，
清香不畏地偏荒。

作者分享

春天是鲜花盛开的季节。庭院、游园、村落里随处可见桃李芬芳，山坡上、河沟边、荒地里也开满了一丛丛一片片五颜六色的野花，它们顽强地生长着、绽放着，花香混着草香在风中流淌，那就是春天的味道！

气象科普课堂 二十四节气之春分

春分（公历 3 月 21 日前后），春季的第四个节气。春分这天太阳直射赤道，南、北半球昼夜平分；春分后太阳直射点继续北移，北半球各地昼渐长夜渐短，南半球则与之相反。

春分时节，我国除青藏高原、东北、西北和华北北部地区外，其他地区都进入了春天。除了全年皆冬的高寒山区和北纬 45°以北的地区外，我国各地日平均气温均稳定超过 0 ℃。此时严寒已经逝去，气温回升较快，尤其是华北地区和黄淮平原，日平均气温几乎与多雨的沿江江南地区同时升到 10 ℃以上而进入明媚的春季。

春分后，北方地区多大风和扬沙天气，南方开始进入强对流天气多发期。从气候规律上说，这时江南的降水迅速增多，进入春季“桃花汛”期；而东北、华北和西北广大地区降水依然稀少，农业生产上的主要问题是抗御春旱的威胁。

清明

南风吹乱嫣红，杖藜浴日徐行。
携双亲踏青，看遍桃李樱杏。
清明，清明，尊前欢笑恭迎。

作者分享

晴朗的春日里，阳光明媚，“吹面不寒杨柳风”，桃花李花樱花杏花争相开放。跟家人一起踏青游玩，满眼净是繁花似锦。能时常陪伴在父母面前欢笑恭迎，是寻常生活中的“小确幸”。

气象科普课堂 二十四节气之清明

清明（公历4月5日前后），又称“踏青节”“行清节”“三月节”“祭祖节”等。此时正是仲春与暮春之交，生气旺盛、阴气衰退，万物“吐故纳新”，自然界呈现生机勃勃的景象。

清明时节，我国南方已经是清爽温暖、春和景明，长江中下游地区降雨明显增加，华南开始出现较大的雨量；北方地区也开始断雪，气温回升很快，降水稀少，干燥多风，除东北与西北外，大部分地区的日平均气温已升到12 ℃以上。

清明节兼具自然与人文两大内涵，既是二十四节气之一，也是传统祭祖节日，归纳起来有两大节令传统：一是礼敬祖先，慎终追远；二是踏青郊游、植树、放风筝，亲近自然。“天人合一”传统理念在清明节中得到了生动体现。

清明节与春节、端午节、中秋节并称为“中国四大传统节日”。2006年5月，清明节被列入第一批国家级非物质文化遗产名录。

十里海棠

十里海棠花如云，
天女织就七彩锦。
绿草东风沐花雨，
青葱又回少年人。

作者分享

从 3 月开始，日平均气温稳定在 10 ～ 15 ℃，不同品种的海棠陆续开放。春风十里，海棠十里，徜徉在成千上万株盛开的海棠花下，花团似锦，如云似霞，花潮汹涌，似乎要把人都淹没了，让人不得不惊叹于大自然的美丽神奇！

气象科普课堂 二十四节气之谷雨

谷雨（公历 4 月 20 日前后），二十四节气之第六个节气，也是春季的最后一个节气。谷雨取自“雨生百谷”之意。在传统农耕文化中，谷雨将“谷”和“雨”联系起来，反映了“谷雨”的农业气候意义。此时降水明显增加，田中的秧苗初插、作物新种，最需要雨水的滋润，若降雨量充足且及时，谷类作物便能茁壮成长。

进入谷雨节气，我国长江中下游、江南一带降水明显增多，尤其是华南地区，一旦冷空气与暖湿空气交汇，往往形成较长时间的降雨天气。秦岭—淮河流域基本上是江南春雨和北方春旱的分界线，从秦岭—淮河附近向北，春雨急剧减少。

在北方，谷雨是“终霜”的象征，冷空气大举南侵的情况比较少了，但影响北方的冷空气活动并没有停止，很多地方会出现初雷。

谷雨时节对应越冬作物冬小麦的抽穗扬花期，春播作物玉米、棉花的幼苗期。此时，这些作物都需要充沛的雨水来促进发育生长。

春夜

半月如玉高悬，夜空深邃幽远。
万籁寂寂蛰伏，一烟如梦似幻。
云动风轻气寒，银河望断眼帘。
嫦娥寥数残星，人间万户灯盏。

作者分享

春天的夜晚，春气萌动，流烟笼寒，万家灯火彰显着平凡人间的幸福温暖。寂寞嫦娥在广寒宫里百无聊赖，面对清冷的繁星点点，会不会懊悔当初的选择？

气象科普课堂 天气预报里“白天”和“夜间”的划分

天气预报中的“未来 24 小时”“今天白天”“今天夜间”等到底指什么时段？

顾名思义，“未来 24 小时”指从当前某个时间点算起往后的 24 个小时，在天气预报中主要指 08 时至次日 08 时和 20 时至次日 20 时两个时段。

“今天白天”指当天 08 时至 20 时；“今天夜间”指当天 20 时至次日 08 时；“明天白天”指次日 08 时至次日 20 时。

更精细的时间划分如下：“早晨”指 05—08 时；“上午”指 08—11 时；“中午”指 11—13 时；“下午”指 13—17 时；“傍晚”指 17—20 时；“夜间”指 20 时—次日 08 时；“半夜”指 23 时—次日 01 时。

以 08 时、20 时作为预报时段的开始，是因为气象观测数据是 08 时至 08 时、20 时至 20 时采集的，预报员会以此绘制天气图从而分析天气形势并作出预报结论。

三月三

三月初三上巳日，
花木扶疏好春时。
曲水流觞祈福荫，
郊吟祓禊沐兰池。

作者分享

农历的三月初三，春意盎然。古代这一天被称为“上巳节”，人们要到水边洗濯去垢，消除不祥，称为“祓禊”，之后要祭祖、踏青，“曲水流觞”祈福免灾。现在“三月三”还是壮族、苗族、瑶族等民族的重要节日。

气象科普课堂 百叶箱里的秘密

在气象观测站草坪上立着的白色小箱子，叫“百叶箱”，距离地面高度 1.5 米左右，通常由木质或玻璃钢材料制作而成。箱壁两排叶片与水平面之间的夹角呈“人”字形，约为 45°，与百叶窗形状相似。百叶箱里有最高温度表、最低温度表、干球温度表、湿球温度表。干球温度表用来观测大气的温度，与湿球温度表的读数相互结合可以算出大气的湿度。

温度表为什么要放在百叶箱里？因为温度表吸收太阳辐射的能力比大气强，阳光直射会使温度表表面温度迅速上升，这样得到的是温度表表面的温度，而非大气的温度；夜晚，温度表感应地面辐射降温的能力也强于大气，这就导致直接暴露在空气中的温度表的测量值并不准确，白天偏高，夜晚偏低。

百叶箱都是白色的，也是为了最大限度地避免太阳辐射的影响。箱内空气流通，且箱门朝北，这些都是为了保证箱内仪表的测量数据能代表大气的真实情况。

嵖岈春色

蓝天深幽远，艳阳灼人眼。
嵖岈春色秀，翠色上层峦。
我歌林鸟唱，我舞树影乱。
故地几重游，山色醉依然。

作者分享

嵖岈山，位于河南省遂平县，地处亚热带与暖温带过渡地带，是典型的大陆性季风型半湿润气候，阳光充足，雨量充沛，四季分明。山中峰峻谷幽，怪石嶙峋，古柏参天，有“中原盆景”之美称。每一次登上嵖岈山，都会深深陶醉在它的美景之中！

气象科普课堂 气象数据的采集

很多年前，科技不发达，大气实况数据的采集主要依靠人力。气象观测员每天会定时进行气象数据记录，然后通过打电话的方式将数据汇总。现在，大部分数据的采集和传输已经不再需要依靠人力，而是自动完成。

在气象观测站中，温度、湿度、气压、风向、风速等物理量均由电子控制的机械设备完成，这些设备配有嵌入式芯片，芯片上有一个精确的时钟，可以准时地周期性工作。例如，在整点每隔 5 分钟、10 分钟或 1 小时自动采集周围的气象数据，并自动编码为二进制数据流，发送到数据库中。这些数据信息首先会在各省气象台汇总，然后通过“质量控制”环节，去掉或订正某些由于观测设备故障造成的错误数据。完成初步的质量控制后，将全部观测数据打包为一个大文件，上传到国家气象信息中心。这些数据是制作天气预报的基础。

樱花

驿路樱花开，恍入香雪海。
满树玉晶莹，娴雅净清态。
为春搏一季，呕心吐芳彩。
最怜樱花雨，片片落心怀。

作者分享

3—4 月气温在 18 ～ 25 ℃时，樱花轰轰烈烈地开放了，花海如潮，暗香涌动，满树绚烂如云似霞。樱花花期短暂，前后不过半个月左右，积攒了一冬的力量，只为了春天这一季的绽放。

气象科普课堂 综合气象观测系统

综合气象观测系统由地基、空基、天基观测系统以及相应的数据处理和技术保障、科研开发、人才培养等组成。

气象观测数据是天气预报的基础，气象站越多，预报越准确。全世界建立有数万个气象观测站，配置了各种天气雷达，并在太空布设了多颗气象卫星，组成全球大气监测网。这个监测网每天在规定的时间里同时进行观测，从地面到高空，从陆地到海洋，全方位、多层次地观测大气变化，并将观测数据迅速汇集到国家气象信息中心，然后世界各国交换合作。气象台将收集到的数据进行处理和运算，得到天气图、数值预报等产品，为天气预报提供支撑。

我国已经建立形成了天地空一体化的综合立体气象观测体系，卫星、雷达等监测能力位居世界前列。全国现有地面气象观测站 7 万多个，乡镇覆盖率达到 99.6%，数据传输时效从 1 小时提升到 1 分钟。它们和雷达组成的新一代天气雷达网、在轨运行的风云系列气象卫星一起，组成了全球最大的综合气象观测系统，为全球 100 多个国家和地区提供服务。

挖荠菜

初春最爱荠菜鲜，轻衣执铲下田间。
长尾乌雀惊飞处，青嫩肥美装满篮。
可烧可煮任意烹，可汤可馅随心愿。
天赐佳肴时令短，清明过后无此宴。

作者分享

春天最多最鲜的野菜，当数荠菜了吧？荠菜耐寒，喜冷凉湿润，初春气温 10 ℃左右，正是荠菜鲜嫩肥美时，等过了清明纤维就老化了。田野里挖回一篮子荠菜做成美味，唇齿间都是春天的味道！

气象科普课堂 四种类型的地面气象观测站

国家基准气候站：根据国家气候区划以及全球气候观测系统的要求，为获取具有充分代表性的长期、连续资料而设置的气候观测站，是国家天气气候站网的骨干。

国家基本气象站：根据全国气候分析和天气预报的需要所设置的地面气象观测站，大多担负区域或国家气象信息交换任务，是国家天气气候站网的主体。

国家一般气象站：主要是按省行政区划设置的地面气象观测站，获取的观测资料主要用于本省和当地的气象服务，也是国家天气气候站网的补充。

区域气象观测站：为满足不同部门特殊服务的需要，或用于国家天气气候站网的空间加密而设立的气象站，可以是人工气象观测站，也可以是自动气象观测站。

春花

春日花下漫行，织锦缤纷云蓬。
微风流香氤氲，蜂蝶大宴宾朋。
唯怜花雨簌簌，忍踏满地落英。
何处觅得桃源，红颜与花长青。

作者分享

春天是花的海洋，是蜜蜂、蝴蝶的天堂，可惜有花开就有花落，“最是人间留不住，朱颜辞镜花辞树”，到哪里能找到那片桃源，能让红颜和花都不凋谢呢？

气象科普课堂 地面气象观测

经历了目力及定性观察、人工仪器测量、自动化观测等阶段，地面观测的信息化、智能化水平不断提升。

常规的地面气象观测项目有云（云量、云状、云高）、能见度、天气现象（雨、雪、冰雹、雷电、晕、华、露、霜、雾等）、气温、气压、湿度、风向、风速、日照、降水量、地温、蒸发量等。

观测仪器包括温度计、气压计、风塔、天气现象仪、能见度仪、雪深传感器、激光云高仪、承重雨量传感器、闪电定位仪、蒸发皿、酸雨采样桶、地面及浅层和深层地温仪、日照计、辐射观测仪、电信积冰架等。

为了确保观测资料的代表性和准确性，排除非气象因素干扰，同时保证各地的气象情况具有可比性，气象观测必须在专门的标准场地进行，观测项目和观测时间统一。

气象观测场地要求：四周空旷平坦；观测场四周无高大建筑物；观测场的大小分 25 米 × 25 米和 16 米 × 20 米两种，内铺草皮，观测仪器按规定放置，场地内不得产生积水，场地四周设白漆木栅栏。

鸢尾

绿地剑叶停紫蝶，
繁花兴于暮春节。
不与槐柳争光辉，
树荫道旁绽猎猎。

作者分享

春天，鸢尾花开放了，远远看去像是飞舞的彩蝶停留在绿色的剑叶丛中。鸢尾花色艳丽丰富，以蓝紫色为主，气味清香淡雅，花期从一周到一个月不等，常常填铺在高大树木下的空地上，生命力顽强。

气象科普课堂 常用的气象观测仪器

随着气象科技和业务的发展，气象观测越来越趋于自动化，观测内容越来越丰富。常见的气象要素及其观测仪器如下。

云：激光云高仪、微脉冲激光雷达；能见度：前向散射能见度仪、透射式能见度仪；天气现象：天气现象仪；闪电：闪电定位仪；气压：压力传感器；温度：温度传感器；湿度：湿度传感器；风：风向风速传感器；降水：翻斗雨量计、称重式雨量计。

农业气象自动观测系统：对农田小气候数据、土壤数据、作物长势参数和图像及实景监控视频进行采集。

交通气象观测站：对雾、路面结冰、积雪等高速公路所需的各种监测要素进行实时监测。

新一代 C 波段多普勒天气雷达：有效监测和识别 400 千米内的热带气旋、暴雨等大范围降水目标和龙卷、雷电、冰雹等中小尺度强大气现象。

游湖

习习南风撩，粼粼浮光耀。
桐花逐清波，缠藤上枝梢。
停桨任浮游，追影寻落鸟。
一曲茉莉花，轻歌入云霄。

作者分享

南风习习，荡一艘小船于湖中，湖面上浮光掠影，一阵风吹来，岸边高大的桐树上紫白色的花朵纷纷飘落。停下桨儿，伸手撩起一串水花，目光追逐着翱翔的飞鸟，兴之所至唱一曲茉莉花，歌声婉转入云霄！

气象科普课堂《风力歌》

风力按大小分为18个等级（0～17级）。风速以米/秒（m/s）为单位，各级风对应的风速为：0级0～0.2米/秒（余下单位省略），1级0.3～1.5，2级1.6～3.3，3级3.4～5.4，4级5.5～7.9，5级8.0～10.7，6级10.8～13.8，7级13.9～17.1，8级17.2～20.7，9级20.8～24.4，10级24.5～28.4，11级28.5～32.6，12级32.7～36.9，13级37.0～41.4，14级41.5～46.1，15级46.2～50.9，16级51.0～56.0，17级56.1～61.2。

《风力歌》对各级风进行了形象的描述：零级烟柱直冲天，一级轻烟随风偏。二级轻风吹脸面，三级叶动红旗展。四级枝摇飞纸片，五级带叶小树弯。六级举伞步行艰，七级迎风走不便。八级风吹树枝断，九级屋顶飞瓦片。十级拔树又倒屋，十一二级陆少见。

平均（2分钟或10分钟）风力达6级以上，或者阵风风力达8级以上的风称为“大风”。对于6级以上的大风，气象部门会提前发布大风预警信号，提醒公众防范大风。

雨后

雨随云彩去，
蝶恋牡丹来。
紫燕飞梳柳，
红樱落染台。

作者分享

一场春雨过后，阳光透过薄薄的云层洒下，蝴蝶在盛开的牡丹丛中飞舞，燕子在嫩绿的柳枝间穿梭，飘落的樱花好像要把台子都染红了。空气清新，花香氤氲，无限春色令人沉醉。

气象科普课堂 降水观测

降水指从云中降落的液态水和固态水，包括雨、毛毛雨、雪、雨夹雪、霰、冰粒和冰雹等。降水观测项目包括降水量和降水强度。

降水量指降水落至地面后，未经蒸发、渗透、流失而在水平面上积聚的深度（固态降水则需经融化后），以毫米（mm）为单位。

降水强度指单位时间内的降水量，常用单位有毫米/10分钟、毫米/时、毫米/天。

在高纬度地区，冬季降雪多，还需测量雪深和雪压：雪深是从积雪表面到地面的垂直深度，以厘米（cm）为单位。当雪深超过5厘米时，还需观测雪压。雪压是单位面积上的积雪质量，以克/厘米^{2}为单位。

初荷

荷塘圆叶争光辉，
白莲初开雕玉髓。
从此几多风雨过，
一世独立自葳蕤。

作者分享

仲春时节，睡莲贴着水面的圆叶还没有长大，花朵就悄悄绽放了。白玉雕琢般的花朵，看起来那么柔软精致，却一世独立坚强，不管承受多少风吹雨打，始终优雅地傲然挺立。

气象科普课堂 地温观测

土壤温度（地温）对于植物种子发芽、幼苗生长、根系活动和发育有着直接的关系。地温观测包括地表面温度和地表以下的土壤温度，即地表和地中温度观测。

地表温度观测：将地面温度表、地面最低温度表和地面最高温度表放置在裸露的地面上，表身及球部一半埋入土中，另一半露出地面。球部与土壤密贴，不可留空隙，露出地面的球部和表身保持干净。观测地表温度时，要求蹲下读数，不可以把温度表拿起来读数，因为温度表一离开地面，测出的温度就不再是地面温度了。

地中温度观测：可用曲管地温表、直管地温表和插入式地温表来观测，气象观测站一般用曲管地温表和直管地温表。在固定地点，按 5 厘米、10 厘米、15 厘米、20 厘米四个深度，将地温表埋入土中。地温表球部向北，表身与地面呈 45°夹角，露出地面的表身，需要用叉形木或竹支架支住。

直管地温表还可观测更深层次的土壤温度，可视需要设置。进行大田地温调查时可携带使用方便、观测简易的插入式地温表。

暮春之夜

夜阑风轻软，鸟雀尽入眠。
孤星伴残月，白衣候桐前。
丁香解人意，叶浓花影乱。
将夏未夏时，春情醉酣然。

作者分享

暮春时节，白天气温大多在 20 ℃左右，谷雨过后，寒潮天气基本画上句号，气温快速攀升。夜晚风轻月明，花香氤氲，鸟儿都已睡去，年轻的恋人，相约在梧桐树下，沉醉在甜蜜之中。

气象科普课堂 积温观测

积温，指作物生长发育阶段内逐日平均温度的总和。从强度和作用时间两个方面来反映温度对生物有机体生长发育的影响。

植物生物学最低温度指每种植物都有其生长发育所需的最低温度，亦称“植物生物学零度”“植物生物学下限温度”，只有高于这个温度，植物才能生长发育，否则将受到不同程度的危害，直至死亡。

高于或等于植物生物学最低温度的日平均温度称为“活动温度”。活动温度与植物生物学最低温度的差值称为“有效温度”。作物生育时期内有效温度的总和称为“有效积温”，更能表征生物有机体生育所需要的热量，多应用于其发育速度的计算。

积温观测在农业气象中一般应用于下列三个方面：反映生物体对热量的要求，为地区间作物引种和新品种推广提供依据；在农业气候研究中作为分析地区热量资源、编制农业气候区划的热量指标；在农业气象预报、情报服务中根据作物各发育时期的积温指标，预报作物的发育时期。

花事

樱花如雪柳如烟，
野凫闲游碧水间。
天地一场花事盛，
东风送得云高远。

作者分享

春天是花的海洋，各种花竞相开放，花海如潮铺天盖地，花色如锦云蒸霞蔚，野鸭游于碧水、蓝天飘着白云，天地间正举办着一场轰轰烈烈的繁花盛会！

气象科普课堂 天气现象符号和天气图

天气现象符号：当气象观测员观测到某种天气现象时，即在观测簿当日“天气现象”栏记入相应的符号，除少数现象外，同时记入其起止时间。以这些符号为基础，结合天气现象的强度、并存关系等，制定了一套填写在天气图上的符号。

天气图：是填有各地同一时间气象要素的特制地图。在天气图底图上，填有各城市、测站的位置以及主要的河流、湖泊、山脉等地理标志，在某气象站的相应位置，用数值或符号填写该站某时刻的气象要素观测记录。主要有地面天气图和高空天气图两大类。

天气图上所填的气象要素主要有：各测站的气温、露点、风向和风速、位势高度、海平面气压、能见度、总云量和低云量、云状（包括高云、中云、低云）、低云高，现时天气和过去6小时天气、过去6小时降水量、特殊天气现象（如雷暴、大风、冰雹）等。可绘制等温线、等高线、等压线，分析高、低气压系统的分布，确定冷、暖气团的位置等。

芍药园

千亩芍药竞相开，泼天尽染绚丽彩。
摇曳多姿抚东风，深红浅红晕香腮。
流连花间共蝶舞，花黄满身不需择。
遥看烂漫接天处，青山舒臂护花海。

作者分享

芍药是多年生宿根草本，其肉质根即是药用“白芍”，5—6 月开花，花型大、花朵多且艳丽，气味芳香，有白、粉、紫或红色，经济价值和观赏价值都很高。开花季节，千亩芍药园绚丽色彩漫无边际，蔚为壮观。

气象科普课堂 数值天气预报

简单地说，数值天气预报是一种用高性能计算机把未来天气算出来的科学。因为大气运动总是遵循一定的物理规律，人们建立了描述天气演变过程的方程组（数学模型），输入观测资料，用高性能电子计算机作数值求解，预测未来天气。

早在 100 多年前，科学界就提出了数值天气预报的概念。但直到 20 世纪 50 年代，数值天气预报试验才得以成功；70 年代，随着超级计算机能力的增强，一些关键性问题解决后，数值天气预报才真正实现了业务应用。近几十年来，随着卫星、雷达、飞机、地面等综合观测系统的建立以及大气科学理论的不断完善，数值天气预报准确率也得以大幅提高。

数值天气预报是 20 世纪最伟大的科技发展之一，被誉为“一场静悄悄的革命”，它使天气预报从传统的以统计和经验为主的天气学方法转变成为客观定量的科学。目前，数值天气预报是天气预报业务的支柱，准确的天气预报，离不开数值预报作为第一依据。

春意

雨雪阴霾难久长，瘟疫疾患暂猖狂。
云散骄阳照碧空，魑魅魍魉无处藏。
东风送暖春意涨，道旁红梅初绽香。
十四亿人一条心，守得云开见朝阳。

作者分享

新冠疫情暴发后的第一个春天，蓝天暖阳、红梅绽放，一切的雨雪阴霾、瘟疫疾患终究难以久长！中国人民万众一心、众志成城，终能战胜疫情！

气象科普课堂 气象灾害种类

我国是世界上受气象灾害影响最严重的国家之一，气象灾害种类多、影响范围广、发生频率高，所造成的损失占到了自然灾害损失的 70% 以上。气象灾害包括天气、气候灾害和气象次生、衍生灾害。

天气、气候灾害：因台风（热带风暴、强热带风暴）、暴雨（雪）、雷暴、冰雹、大风、沙尘、龙卷、大（浓）雾、高温、低温、连阴雨、冻雨、霜冻、结（积）冰、寒潮、干旱、干热风、热浪、洪涝、积涝等因素直接造成的灾害。

气象次生、衍生灾害：因气象因素引起的山体滑坡、泥石流、风暴潮、森林火灾、酸雨、空气污染等灾害。

为有效防御和减轻气象灾害带来的损失，气象部门在灾害性天气到来之前会发出灾害性天气预警信号并提供防御指南，提醒社会和公众注意防范。

春雨

一夜风疏雨骤，
寒意弥散云头。
烟笼半山红梅，
绿满万亩田畴。

作者分享

雨水时节，在冷暖空气的博弈中，天气变化不定，忽冷忽热，乍暖还寒，但总体来说暖空气渐渐占据上风，气温回升。往往一场春雨过后，田野就铺满了绿色。

气象科普课堂 倒春寒

春季的气温、风、气压等变化无常，经常是白天阳光和煦，“暖风熏得游人醉”，早晚却寒气袭人，让人倍觉“春寒料峭”。

倒春寒，指初春（一般指 3 月）气温回升较快，而在春季后期（一般指 4 月或 5 月）气温较正常年份偏低的天气现象。

在气象学中，倒春寒最早来源于农业，主要指真正的春天即气候学所说的候（5 天为一候）平均气温超过 10 ℃以后，由于受较强冷空气频繁袭击，气温下降较快，持续时间长达一两个星期甚至以上的前暖后冷，并造成大范围地区农作物受冻害的天气过程。

倒春寒是一种常见的天气现象，其形成原因并不复杂。一般来说，当旬平均气温比常年偏低超过 2 ℃，就会出现较为严重的倒春寒。而冷空气南下越晚越强、降温范围越广，出现倒春寒的可能性就越大。

倒春寒发生时，可使正处于返青或拔节生长阶段的冬小麦遭受不同程度的冻害，使已经播种尚未出土的棉花、水稻等农作物出现烂种，已经出土的幼苗大量被冻死。

夏之歌

初夏

初夏明媚光，
轻絮漫飘扬。
樱桃才摘罢，
陌上杏初黄。

作者分享

初夏的美好，在那媚而不燥的光，在那娇滴滴的红樱桃，在那树头刚要黄熟的杏！

气象科普课堂 天气预报会商

天气预报会商是气象部门讨论沟通预报思路、交流预报技术、提高天气预报准确率的重要手段。

预报员通过对天气图、数值预报产品、各类气象图表、气象卫星、雷达探测资料等进行综合分析、判断后，得出初步的预报结论。由于影响天气的原因很多，天气预报的方法也很多，面对同样的气象资料，可谓“八仙过海，各显神通”。像医生给患者会诊一样，预报员需要各抒己见、充分讨论，在天气会商时充分发表自己的意见，最后汇总综合分析，作出最终的天气预报结论。

在我国，国家气象中心负责全国天气预报会商的组织工作。常规的天气预报业务会商包括全国早间天气会商、全国中期旬预报会商、定期组织的针对重要节日及重大气象服务任务的全国重大天气会商等。

除常规的天气预报业务电视会商外，遇有重大灾害性天气或突发事件任务时会组织专题会商。各地如遇紧急、突发的任务，也可与国家气象中心联系其组织安排专题会商。

夏雨

夏雨多任性，偷袭自平常。
晴空无防备，向晚起风浪。
银瓶水浆迸，电闪裹雷响。
铁骑鸣刀枪，风吹雨烟狂。
撕扯树枝断，横推行人躺。
一路威凛凛，扫荡摧四方。
来时强冲撞，去后留清凉。
田野滋润透，一夜好梦香。

作者分享

夏天的雨，总是来得轰轰烈烈，令人猝不及防！乌云翻滚、狂风大作、电闪雷鸣、滂沱横流……怎么形容都不为过！

气象科普课堂 自然灾害风险普查

全国自然灾害风险普查是一项重要的国情、国力调查，是摸清我国灾害风险隐患底数的重要手段，也是提升全社会灾害风险意识的重要途径。我国首次自然灾害综合风险普查是2020—2022年，聚合了绝大多数涉灾行业部门协同开展，探索建立了多部门协同工作的长效机制。

在这次普查中，气象部门承担了暴雨、干旱、台风、高温、低温、风雹、雪灾、雷电、沙尘暴9种气象灾害的普查工作。通过普查，可以更好地摸清各类灾害性天气可能致灾的风险点、风险区域和致灾的阈值，提高预警信息的针对性，更好地发挥气象防灾减灾第一道防线作用；可以形成气象灾害风险区划，指导全社会科学设定各个区域基础设施的气象灾害防御标准，提高抵御各类气象灾害的能力。

三夏

五月杏软麦田黄，天高云淡炫骄阳。
南风北风轮值岗，斑鸠声里农人忙。
三夏田野换容妆，阿婆灶头新面香。
从来天道酬勤劳，一季呵护粒归仓。

作者分享

三夏，是夏收、夏种、夏管的简称，中原地区从每年的5月下旬开始至6月中旬结束，是农人的大忙季节。小麦成熟要抢时收割、保证颗粒归仓；夏花生、夏玉米要抢时播种，田间需要除草、保墒管理。天道酬勤，播下种子，耕耘希望！

气象科普课堂 气象服务类型

气象服务属于公共服务范畴，可分为决策气象服务、公众气象服务、专业气象服务三大类，构成了覆盖全社会的气象服务网。

决策气象服务是为各级党、政、军领导和决策部门指挥生产、组织防灾减灾以及在气候资源合理开发利用和环境保护等方面进行科学决策提供气象信息，主要包括天气预报、气象信息专报、农业气象服务、防汛、抗旱、防火、遥测遥感信息、环境气象服务、气候资源开发建议等。

公众气象服务是为社会公众提供的普适性日常气象服务，包括天气预报、警报、气候公报、天气热点、百姓生活气象指数预报等，通过广播、电视、报刊、网络等媒体发布，并常设天气预报咨询电话。

专业气象服务是为满足特定行业和用户个性化需求的气象服务，如农业气象、森林草场火险预警、植被监测、交通安全、环境气象、流域面雨量和汇流、江河冰情、凌汛监测和预报服务等。

麦收

晨风送清凉，天中麦客忙。
斑鸠和机鸣，霞照粒归仓。
乾坤清气盛，四野渡沧桑。
落籽入新垄，一季耘守望。

作者分享

冬小麦成熟的季节，广袤的大平原上，油绿的麦浪渐渐变作金黄，田野里弥漫着收获的喜悦和紧张的忙碌。短暂的休整之后，土地上开始了新一轮的耕耘和播种。

气象科普课堂 气象灾害预警信号

气象灾害预警信号是指由气象主管机构所属的气象台（站）为有效防御和减轻突发气象灾害而向社会发布的预警信息。

气象灾害预警信号种类常见分 14 种，包括台风、暴雨、暴雪、寒潮、大风、沙尘暴、高温、干旱、雷电、冰雹、霜冻、大雾、霾、道路结冰。

预警信号的级别依据气象灾害可能造成的危害程度、紧急程度和发展态势一般划分为四级，依次用蓝色、黄色、橙色和红色表示。

我国地理范围广，各省（自治区、直辖市）可以根据本行政区域内气象灾害的特点，选用或者增设预警信号种类，设置不同的信号标准。

公众可以通过电视、广播、互联网、手机短信等媒体得到气象部门发布的气象灾害预警信号，并采取相应的防范措施。

夏日雨后

雨后芭蕉绿叶新，
潮气蒸腾生白云。
小河清波簇红荷，
四野蛙鸣奏和音。

作者分享

夏日的雨后，空气里还带着一丝闷热，花草上的水珠像钻石一样闪烁。荷塘里绿叶更新、红花更艳，还伴有蛙声四起，蜻蜓低飞。潮气未减，等会儿还会再下一阵子吧。

气象科普课堂 《中华人民共和国气象法》

《中华人民共和国气象法》（简称《气象法》）是为了发展气象事业，规范气象工作，准确、及时地发布气象预报，防御气象灾害，合理开发利用和保护气候资源，为经济建设、国防建设、社会发展和人民生活提供气象服务而制定的法律。共包含八章四十五条，自 2000 年 1 月 1 日起施行。

《气象法》是我国第一部规范气象活动的法律，也是规范我国气象工作的基本法律，是调整气象工作中各种社会关系的强制性规范。

《气象法》的实施，标志着我国进入了一个依法发展气象事业的新的历史阶段，为促进我国气象事业的持续、快速、健康发展提供了重要的法律依据和强有力的法律保障。

《气象法》覆盖气象设施建设与管理、气象探测、气象预报与灾害性天气警报、气象灾害防御、气候资源开发利用、法律责任等方面。

栀香

锦绣繁花醉眼眸，
微雨新洗柳丝柔。
栀子一朵香满室，
只生欢喜不生愁。

作者分享

夏日雨后，繁花锦绣，柳丝飘柔。采一朵栀子花，插在衣襟香随身，插在案头香满室！

气象科普课堂 气象指数预报

气象指数预报是气象部门根据公众普遍关心的生产生活问题和各行各业工作性质对气象敏感度的不同要求，引进数学统计方法，对温、压、湿等多种气象要素进行计算而得出的量化预测指标，为居民生活提供参考。这些指数预报是对天气预报的进一步深化。

目前，气象部门开展了多个种类的生活指数预报，如紫外线指数、晨练指数、人体舒适度指数、空气污染物扩散条件指数、感冒指数、风寒指数、晾晒指数、穿衣指数、过敏指数、森林火险等级、花期预报等。

以紫外线指数预报为例，以每天 10—14 时 4 个小时监测的平均紫外线强度作为标准，分为 5 个等级。一级：辐射最弱，可以不采取措施；二级：辐射较弱，外出时要戴太阳帽，并涂擦 SPF 等于 6 的防晒霜；三级：辐射中等，外出时要戴太阳帽、太阳镜，并涂擦 SPF 大于 15 的防晒霜；四级：辐射较强，10—16 时避免外出，外出时要戴太阳帽、太阳镜，并涂擦 SPF 大于 25 的防晒霜；五级：辐射有害，10—16 时尽量不外出，必须外出时要戴太阳帽、太阳镜，并涂擦 SPF 大于 25 的防晒霜。

立夏

立夏禾风过山野，光影斑驳错交叠。
斜阳长映青波里，绿草如茵漫石阶。
鸟音不言世尘邪，花开无忧红颜劫。
今无闲事挂心头，只共人间好时节。

作者分享

立夏的风，吹绿了山野，吹乱了花影，吹得鸟儿欢唱，吹得清波长流。只要没有烦恼缠绕心头，天天都是好时节！

气象科普课堂 二十四节气之立夏

立夏（公历 5 月 6 日前后），夏季的第一个节气。立夏表示告别春天，是夏季的开始。春生、夏长、秋收、冬藏，时至立夏，万物繁茂。立夏后，日照增加，气温升高，雨量和雨日明显增多，农作物进入茁壮成长阶段。

我国幅员辽阔、南北跨度大，各地自然节律不一。立夏时节，南方福州到南岭一线以南地区进入“绿树阴浓夏日长，楼台倒影入池塘”真正意义上的夏季；而东北和西北的部分地区这时才刚刚有春天的气息。气象学上以日平均气温连续 5 天稳定在 22 ℃以上为夏季开始。

立夏时节，全国大部分地区平均气温在 18 ～ 20 ℃。这时华北、西北等地气温虽然回升很快，但降水仍然不多，加上春季多风，蒸发比较强烈，天气十分干燥。长江中下游和华南 5 月中旬雨量迅速增大，华南进入前汛期盛期，暴雨往往具有连续性、广阔性和猛烈性特点。在两广的珠江水系和福建的闽江水系，年最高水位往往出现在这一时段，因此当地民间有“立夏、小满，江满、河满”的说法。

小满

青荷浮小叶，细麦落轻花。
竹影慢摇动，蔷薇爬半架。
欲语还休住，嫣云上脸颊。
小得圆满处，天道近宜佳。

作者分享

花看半开，酒饮微醺，茶倒七分满，美人“犹抱琵琶半遮面”，青涩的豆蔻年华令人回味无穷。天道就是这样，将满未满、将熟未熟之时，正是蓬勃发展阶段，向上的空间很多，未来充满了希望，而眼前的一切，未尝不是刚刚好。

气象科普课堂　二十四节气之小满

小满（公历 5 月 21 日前后），夏季的第二个节气。小满意味着北方冬小麦籽粒开始接近饱满，南方进入大幅降水的雨季，雨水开始增多，往往会出现持续大范围的强降水。

小满之名，有两层含义。一与气候降水相关。小满节气，南方地区一般降雨多、雨量大，冷暖空气交汇频繁，暴雨、狂风、雷电等强对流天气时有发生。小满中的“满”，指雨水之盈。南方地区的农谚说“小满不满，干断田坎”“小满不满，芒种不管”，指出小满时田里如果蓄不满水，就可能造成田坎干裂，甚至芒种时也无法栽种水稻。二与农业中小麦相关。北方地区小满节气降雨很少或无雨，这个“满”不是指降水，而是指小麦饱满程度。小满往往是北方地区在二十四节气中日照最长的时期，空气干燥，气温很容易异军突起，与南方的温差进一步缩小。冬小麦等夏熟作物籽粒已开始接近饱满，但还没有成熟，相当于乳熟后期，所以叫“小满”。

芒种

春争日，夏争时，
田间无闲抢农事。
麦熟入仓整畦垄，
落籽成苗新梦始。

作者分享

农谚“春插时，夏插刻，春争日，夏争时”是说在播种时节一定要赶早，哪怕早一日、早一时一刻都非常有必要。过去农业完全靠天吃饭，对于季节转换、播种时节都非常重视。争得一时一刻，便能多一分收获，多点粮食度饥荒，甚至保命。

气象科普课堂 二十四节气之芒种

芒种（公历6月6日前后），又名“忙种”，是夏季的第三个节气。“芒”指一些有芒的作物，如稻、黍、稷等；“种”，一为种子的“种”，二为播种的“种”。芒种即“有芒之谷类作物可种，过此即失效”。

芒种的到来标示着又一轮农忙。在稻作地区的南方，芒种时节气温显著升高、雨量充沛、空气湿度大，适宜晚稻等谷类作物耕种，是插秧的忙碌时节。北方地区是旱地农业，粮食作物以小麦为主，这个时节正是北方夏熟作物麦子收获之时。

芒种期间，无论是南方还是北方，都有出现高温天气的可能。我国除青藏高原和黑龙江最北部的一些地区还没有真正进入夏季外，其余大部分地区都能体验到夏天的炎热了。

此时，我国南方的华南地区东南季风雨带稳定，江南地区进入梅雨期。北方地区尚未进入雨季。

夏至

夏至白昼长，并蒂莲影双。
荷盖遮阴处，游鱼静相傍。
绿柳倦依依，蝉声懒洋洋。
小儿不思睡，张网追蝶忙。

作者分享

夏日永昼，荷叶翩翩，鱼藏水底，蝉鸣不息。午间柳叶儿都晒得翻卷，大人们昏昏欲睡，小孩子却忙着张网扑蝶，有了收获便兴奋得大呼小叫，完全不在乎满身满脸的汗水，玩得不亦乐乎。

气象科普课堂 二十四节气之夏至

夏至（公历 6 月 21 日前后），夏季的第四个节气。在夏至这一天，太阳几乎直射北回归线（北纬 23° 26′），正午时分接近绝对直射状，北回归线地区就会出现暂时的“立竿见影”现象。

夏至是太阳北行的转折点，夏至日过后，太阳将走“回头路”，太阳光直射点开始从北回归线向南移动，对于我国位于北回归线以北的地区来说，正午太阳高度开始逐日降低；北回归线以南的地区，正午太阳高度经过南返的太阳直射后才开始逐日降低。

夏至日，北半球各地白昼时间达到全年最长，却未必是一年中最热的一天。夏至日过后北半球白昼逐渐变短，但由于太阳辐射到地面的热量仍比地面向空中散发的多，气温将继续升高，因此有“夏至不过不热”的说法。俗话说“热在三伏”，真正的暑热天气在 7 月中旬至 8 月中旬。

夏至以后地面受热强烈，空气对流旺盛，午后至傍晚易形成雷阵雨。这种热雷阵雨来得快、去得急，降雨范围小，人们称“夏雨隔田坎”。

夏日三事

夏日首推三事佳，晨风月夜午间瓜。
暑热炙烤是平常，田间禾苗见风长。
非为生计不出门，蜗居静心品清茶。
待到日暮望晚霞，月照丁香香几家。

作者分享

炎炎夏日，最惬意的时刻：早晨出门吹着清凉的风，午间吃一块冰镇西瓜，明朗的月下摇着蒲扇看星星……

气象科普课堂 二十四节气之小暑

小暑（公历7月7日前后），夏季的第五个节气，意指天气开始炎热，但还没到最热。

小暑开始进入伏天，所谓“热在三伏”，三伏天通常出现在小暑与处暑之间，是一年中气温最高且又潮湿、闷热的时段。这个时节虽然阳光猛烈、高温潮湿多雨，但对于农作物来讲，雨热同期有利于生长。

小暑时节，一般来说，江淮流域梅雨即将结束，盛夏开始，进入伏旱期；华北、东北地区进入多雨季节，登陆的台风开始增多；淮河—秦岭以北的广大地区降水明显增加，且雨量比较集中；华南、西南、青藏高原处于来自印度洋和南海的西南季风雨季中；长江中下游地区为副热带高压控制下的高温少雨天气。

《诗经·七月》中描述蟋蟀“七月在野，八月在宇，九月在户，十月蟋蟀入我床下”，所说的八月即是夏历的六月，即小暑节气的时候，由于炎热，蟋蟀离开了田野，到庭院的墙角下以避暑热。

暑日

骄阳灼灼暑气升，
柳叶绵软槐荫浓。
唯有蝉声不觉累，
清晨嘶鸣至夜中。

作者分享

暑气炎炎，柳叶软绵，树上的蝉儿不知疲惫，从清晨嘶鸣到夜半都不见停歇！

气象科普课堂 二十四节气之大暑

大暑（公历 7 月 23 日前后），二十四节气中的第十二个节气，也是夏季的最后一个节气。大暑，相对于小暑更热，指炎热之极，“湿热交蒸”在此时到达顶点。

此时，我国大部分地区进入一年中最热的时期，除青藏高原及东北北部外，大部分地区天气炎热，35 ℃的高温已是司空见惯，还会经常出现 40 ℃的高温天气，全国南北各地温度相差不大。

同时，大暑也是一年中降水量比较多的节气，高温与多雨时期基本一致。阳光猛烈、高温潮湿多雨，导致人体感觉湿热难熬。但这种光照充足、降水充沛、高温高湿的雨热同期却是我国非常优秀的气候资源，十分适宜农作物生长。

端午

五月初五人事忙，阿婆门前挂艾桩。
雄黄酒，五香囊，七彩丝环驱虫蟑。
甜蜜枣，鸭蛋黄，阿妈煮粽软糯香。
愿得年年人安康，家家端午颂吉祥。

作者分享

端午节的粽子南北方喜好不同，馅料、咸甜各异，挂艾叶、赛龙舟，庆祝的方式也不尽相同，但祈福、颂吉祥的心态是一样的。中原地区端午节正值夏收之际，田里忙着农活，灶头备着美食，太平盛世，其乐融融。

气象科普课堂 端午节

端午节，农历五月初五，又称“端阳节”“龙舟节”“重午节”“天中节”等，是集拜神祭祖、祈福辟邪、欢庆娱乐和饮食为一体的民俗大节。

端午节源于自然天象崇拜，由上古时代祭龙演变而来。传说战国时期的楚国诗人屈原在五月五日投汨罗江自尽，后人亦将端午节作为纪念屈原的节日，也有纪念伍子胥、曹娥等说法。端午节的起源涵盖了古老星象文化、人文哲学等方面的内容，蕴含着深邃丰厚的文化内涵，在传承发展中杂糅了多种民俗为一体，各地因地域文化不同而又存在着习俗内容和细节上的差异。

2006 年 5 月国务院将端午节列入首批国家级非物质文化遗产名录；自 2008 年起被列为国家法定节假日；2009 年 9 月联合国教科文组织将其列入《人类非物质文化遗产代表作名录》，端午节成为我国首个入选世界非遗的节日。

夏旱

六月开场炫骄阳，晴日持续雨无望。
蓝天白云暑气盛，百花无遮多新伤。
鸟雀倦飞柳蔫妆，浅草无力伏地黄。
正是一年夏种时，田野焦渴盼琼浆。

作者分享

晴日朗朗，熏风轻狂，连日无雨，花草都被晒得将要干枯，田野里土地已经开始龟裂。正是一年夏种时，多么盼望能来一场透墒雨啊！

气象科普课堂 夏旱

夏旱指发生在6—8月的干旱。夏季气温高，农作物生长旺盛，需水量大，如无雨、少雨或降水不及时，会形成夏旱。夏旱分为初夏旱和伏旱。

初夏旱（6月）。在我国北方，初夏雨季尚未来临，降水很少，但气温升高，蒸发加强，无灌溉地土壤水分从春季开始逐渐减少，到初夏时节达到一年中的最低值。这时雨量年际变化很大，雨季开始早的年份，初夏就能解除旱象，开始晚的年份干旱就相当严重。统计表明，初夏旱主要发生在河南中部和北部、河北南部、山东中部、晋南、关中东部、宁夏南部和甘肃中部。

伏旱（7—8月）。盛夏三伏期间，太阳辐射强烈，温度很高，蒸发力强。同时，作物生长旺盛，需水多，抗旱能力弱，这时干旱对农作物的危害特别大。伏旱主要发生在秦岭—淮河以南到广东、广西北部的广大地区，特别是湖南、湖北、江西、浙江西部，在北方地区也时有发生。

干热风

天高地远明媚光，
南风熏蒸气温涨。
日高鸟藏浑欲睡，
干热急催麦田黄。

作者分享

蓝天、白云、骄阳、南风，这些可爱的元素组合在一起，在小麦将要成熟的季节，却让农人高兴不起来。燥热的风连日吹，逼得还没有灌浆圆满的小麦籽粒“早熟”，眼看丰收在望的小麦将要因此而减产，怎不让人心急如焚。

气象科普课堂 干热风

干热风亦称“干旱风”“热干风”，习称“火南风”或“火风”，是在小麦扬花灌浆期出现的一种高温、低湿并伴有一定风力的灾害性天气。在春末夏初期间，干热风主要出现在我国华北、西北和黄淮地区。

干热风对开花到乳熟期间的小麦危害极大。它会使小麦体内的水分很快蒸发，茎叶枯萎，导致小麦灌浆不足，籽粒干瘪、皮厚、腹沟深，千粒重下降。一般会使小麦减产 5% ～ 10%，严重时减产 20% 以上。

干热风的气象指标冬麦、春麦不同，地区之间也不一致。

干热风的防御：一要适时浇好灌浆水；二要做好“一喷三防”工作，在干热风来临前，加强冬小麦后期管理，包括避免氮肥使用超量和增施有机肥、磷钾肥料以及孕穗至灌浆期喷施磷酸二氢钾等；三是加强农业基础设施建设，建造防护林带，构筑一个涵养水源、缓和旱情、减轻风速的农田环境，增强农田抗灾保障能力。

伏热

晨起炫光满天宇，
蓝天白云暖潮气。
午时天地大烘箱，
路似热釜烤焦蚁。

作者分享

三伏天，正午时分，骄阳似火，酷热难当。天地像一个大烤箱，又像一个大平底锅，好像要把一切东西都烤化、煎熟了！

气象科普课堂 焚风

焚风是山区特有的天气现象，一种地方性风。当潮湿空气越过高山时，常在背风坡的山麓地带形成一种干燥、高温的气流，这种气流称为“焚风”。

在迎风坡成云致雨、在背风坡形成又干又热的风，这种现象称为“焚风效应”。焚风往往以阵风形式出现，从山上沿山坡向下吹。

焚风是在山岭两面气压不同的条件下发生的。焚风不像山风那样经常出现，它是由于气流越过高山后下沉造成的。当一团空气从高空下沉到地面时，每下降 1000 米，温度平均升高 6.5 ℃。这就是说，当空气从海拔四五千米的高山下降至地面时，温度会升高超过 20 ℃，使凉爽的天气顿时热起来，这就是焚风产生的原因。

焚风全年都可能发生，往往会在短短数小时内就可以使某地气温迅速攀升，升温幅度超过 10 ℃。

焚风除了有危害之外，也会有一些积极影响。它在一定程度上可以加速当地山区积雪的蒸发和融化，增加河流径流量，丰富当地的热量资源。

雨日

清凉雨潇潇，绿竹婆娑腰。
荷塘万点圆，阿莲入眠早。
流萤暂停歇，长夜无梦扰。
明朝云翳散，燕雀问安好。

作者分享

夏日的一场雨带来了清凉。荷塘里莲花早早就关闭了，萤火虫也不见了踪迹，夜里可以好好睡一觉了！明天雨过天晴，又能见到燕雀呢喃了！

气象科普课堂 梅雨

梅雨，是指每年6月中旬到7月上、中旬，我国江淮流域至日本南部这一狭长区域内出现的一段连阴雨天气。此时正值江南梅子黄熟之时，故亦称“梅雨”或“黄梅雨”，同时器物易霉，故亦称“霉雨”。

正常梅雨：约在6月中旬开始、7月中旬结束，梅雨期长20～30天，雨量在200～400毫米。7月下旬主要降雨带北移到黄淮、华北一带，江淮流域转为晴朗炎热的盛夏。这种正常梅雨大约占总数的一半。

早梅雨：在5月底6月初、芒种以前开始的梅雨，此时气温还比较低，甚至有冷飕飕的感觉，同时也没有明显的潮湿。

迟梅雨：6月下旬以后开始的梅雨。迟梅雨常常多阵雨、雷雨天气。

特长梅雨：持续时间长达两个月，容易导致洪水泛滥成灾，如1954年和1998年长江流域洪水。

短梅和空梅：梅雨非常不明显，雨量不大，10天左右就结束了，然后转入盛夏。这种情况下，常常有伏旱发生，有些年份还会造成大旱。

夏夜

远山横如眉，斜阳彩云飞。
绿萤乘风去，明月照人归。
世间千万事，浮云一梦回。
今夜且自在，只为花香醉。

作者分享

夏日的夜晚，刚刚送走斜阳彩霞，又迎来皓月繁星。萤火虫在草间飞舞，风吹来时，栀子花的香味浓烈扑鼻。世间之事瞬息万变，把握当下，好好享受眼前的好时光吧！

气象科普课堂 体感温度

体感温度是指人体所感受到的冷暖程度，是人通过自己的感觉器官，尤其是皮肤与外界环境接触时在身体上或精神上所获得的一种感受。体感温度往往与实际气温不一样，或者说一样的气温，感觉不一样。因为人的体感除了温度，还受到其他因素的影响。

在相同的气温条件下，人们会因空气湿度、风速大小、着装颜色、日射甚至心情等的不同而产生不同的冷暖感受。例如在气温 30 ℃的环境中，空气的相对湿度在 40% ～ 50%，平均风速在 3 米 / 秒以上时，人们不会感到很热，但在相同的气温条件下，相对湿度若增大到 80% 以上且风速很小时，人们就会产生闷热难熬的感觉，体弱者甚至会中暑。

不同季节，最舒服的体感温度也有所不同，夏季是 19 ～ 24 ℃，冬季是 17 ～ 22 ℃。

一天中最高气温通常在 14—15 时，而不是正午 12 时；最低气温一般在日出前，而非深夜 00 时。

伏日

蝉声高亢不觉累，
熏风蒸熨瘦花蕊。
日暮飞燕穿流霞，
一江碧水洗红翡。

作者分享

伏天里，赤日炎炎，热浪滚滚，蝉声高亢不休，花啊草啊都要被晒蔫了。最美的是日暮时分，飞燕在漫天的霞光里穿梭，斜阳映衬着一江碧水，绚丽无比！

气象科普课堂 气象卫星

气象卫星实质上是一个高悬在太空的自动化高级气象站，是空间、遥感、计算机、通信和控制等高技术相结合的产物。按照运行轨道的不同分为太阳同步极地轨道气象卫星和地球同步气象卫星两大类。

太阳同步极地轨道气象卫星与太阳同步，也叫“极轨气象卫星”。飞行高度为600 ～ 1500 千米，卫星的轨道平面和太阳始终保持相对固定的交角，卫星每天在固定时间内经过同一地区 2 次，每隔 12 小时就可获得一份全球的气象资料。

地球同步气象卫星与地球保持同步运行，相对地球是不动的，称“静止轨道气象卫星”，又称“地球同步轨道气象卫星”。运行高度约 35800 千米，其轨道平面与地球的赤道平面相重合。从地球上看，卫星静止在赤道某个经度的上空。一颗同步卫星的观测范围为 100 个经度跨距，从南纬 50°到北纬 50°，100 个纬度跨距。

气象卫星除了用来监视台风、暴雨等灾害性天气系统外，还可监视森林草原火情、作物长势、病虫害、冻害以及估计干旱和洪涝面积等。

夏日

云开现骄阳，云聚骤雨狂。
雨来燕归檐，雨去杨叶扬。
熏风带荷香，暑气蒸汗淌。
槐荫摇蒲扇，常愿人安康。

作者分享

夏天的雨，来得快，去得急。雨过天晴后暑气蒸人，荷风带香。老人家在树荫里纳凉，蒲扇摇着摇着就打起盹儿来了。愿一切安康！

气象科普课堂 卫星云图

卫星云图是由气象卫星自上而下观测到的地球上的云层覆盖和地表面特征图像。利用卫星云图可以识别不同的天气系统，确定它们的位置，估计其强度和发展趋势，为天气分析和天气预报提供依据。在海洋、沙漠、高原等缺少气象观测台站的地区，卫星云图所提供的资料，弥补了常规探测资料的不足，对提高预报准确率起到了重要作用。卫星云图主要有红外云图、可见光云图、水汽图等。

红外云图运用红外辐射通道感测得到，云图的亮度大致反映了云层顶部的温度，因而也反映了云顶的高度。一般温度越低、高度越高的云层，图上的色调越白，反之色调越黑。

可见光云图利用云顶反射太阳光的原理制成，故仅能在白昼进行摄影。它可显示云层覆盖的面积和厚度，比较厚的云层反射能力强，在可见光云图上显示为亮白色，云层较薄则显示暗灰色。

云图还同时提供了大量无云覆盖区的地面信息，因此也被广泛应用于社会经济活动的许多方面，如作物产量预报、森林火灾监测、海洋渔区的确定等。

雨来

远雷隆隆滚天边，
千里暑热一扫散。
层云蔽日风乍起，
鸟雀惊飞穿雨烟。

作者分享

乌云蔽日、狂风大作，雷雨来了。雷雨是夏季常见的一种伴有雷电的降雨现象，在午后热力对流强盛时出现概率较大，有时也伴有大风、龙卷和冰雹。持续而强烈的雷雨惊心动魄，也会造成雷电、暴雨等灾害。

气象科普课堂 气象雷达

气象雷达指专门用于大气探测的雷达，属于雷达领域中的一个重要分支，是用于警戒和预报中小尺度天气系统的主要探测仪器之一。其发展至今大致经历了从模拟、数字到新一代多普勒天气雷达 3 个发展阶段。

常规天气雷达的探测原理，是利用云雨等目标物对雷达所发射的电磁波的散射作用，来测定其空间位置、强弱分布、垂直结构等。

新一代多普勒天气雷达除能起到常规天气雷达的作用外，还可以利用物理学上的多普勒效应来测定降水粒子的径向运动速度，推断降水云体的移动速度、风场结构、垂直气流速度等。同时，还可以有效监测暴雨、冰雹、龙卷等灾害性天气的发生、发展，良好地定量测量回波的强度，定量估测大范围降水，提供对多种灾害性天气的自动识别、追踪，在灾害性天气监测、预警等方面发挥着不可替代的作用。

夏

晴热持续无新意，晨风清凉沁心脾。
田野浆果次第熟，葡萄园里摘新提。
桃熟杏软草莓鲜，桑葚黑紫李退酸。
日啖西瓜一大颗，不辞长驻夏日里。

作者分享

炎炎夏日也有无限美好：清凉的晨风，田野里次第成熟的浆果，新鲜的葡萄、草莓、桑葚，还有不可或缺的西瓜！

气象科普课堂 高气压及其对应的天气

气压是气体对某一点施加的流体静力压强，来源是大气层中空气的重力，即单位面积上大气的压力，国际单位是帕斯卡。气压不仅随高度变化，也随温度变化。气压的变化与天气变化密切相关。水平方向上，气压分布的差异可引起空气的流动而形成风。

高气压，指比周围的气压高，其中气压最高的地点叫作“高气压中心”；由高压向外伸出的狭长部分，或一组未闭合的等压线向气压较低的地方凸出的部分称为“高压脊”。

北半球的高气压中心附近，风是以右旋的涡旋向外吹去，所以该部分的空气较为稀薄。为补充它，空气自上空降落，形成下沉气流。由于大气压随高度的降低而增大，所以高处空气下沉时，它所受到的压强增大、体积减小、温度升高，空气中的凝结物就蒸发消散。因此，高气压中心地区不利于云雨的形成，常常是好天气。

夏光

碧空云迹轻，浮光影娉婷。
栀香混草香，蝉鸣和鸟鸣。
紫燕逐东风，荷尖立蜻蜓。
流萤待日暮，情侣待月明。

作者分享

夏日的碧空云丝缭绕，空气中混合着花草香，蝉鸣声中夹杂着鸟鸣声。最美是日暮时分，流萤点点，情侣对对，明月清风惹人醉!

气象科普课堂 副热带高压

副热带高压带位于南北纬 20°～ 30°附近的副热带地区。对我国有重要影响的是太平洋副热带高压的西侧，习惯上称“西太平洋副高”。

副热带高压区内以晴朗闷热天气为主，当它长期控制某一地区时，会造成该地区高温干旱。它的南侧台风活动频繁，常有雷阵雨、暴雨、大风等天气；它的北侧和西北侧有利于偏南气流将大量水汽向北输送，当遇有西风带低压槽或低涡等天气系统时，易产生大范围的雨带；处于它边缘时多阵雨且体感闷热。

受西太平洋副热带高压季节性变化影响，我国东部地区的主要雨带有季节性位移。平均而言，5 月高压脊线位于北纬 15°附近，主要雨带位于华南；6 月脊线越过北纬 20°，主要雨带位于长江中下游和淮河流域，江淮一带进入梅雨期；7 月中旬脊线向北越过北纬 25°，主要雨带移到黄河流域，华北进入雨季，同时江淮流域处在高压脊线控制之下，梅雨期结束进入伏旱期，天气酷热少雨；脊线南侧为东风带，常常有东风波和台风活动，产生大量降水，因此在 7 月中旬以后，华南又出现一条雨带。

荷塘新雨

荷塘新雨后，盛夏晨风凉。
翠色染绿水，胭脂浸红裳。
早蜂争嫩蕊，珠落游鱼藏。
闭目嗅清甜，远处笛悠扬。

作者分享

夜雨后，晨风里，池塘里绿盖青翠、花色正浓，飞舞的蜂蝶、戏水的游鱼、悠扬的琴声，无一不让人沉醉。徜徉在荷塘边，阵阵荷香沁人心脾，美好的一天开始了。

气象科普课堂 低气压及其对应的天气

某地区气压的高低是相对周围气压而言的，其中气压最低的地方，叫作“低气压中心”，简称“低压中心”。

如果某地气压低，周围的空气就会在水平方向上向该地区流入，使该地区空气上升，上升的空气因所受的压强减小而膨胀，温度降低，空气中的水汽凝结，因此低压中心多为阴雨天。

从低压区延伸出来的狭长区域为低压槽，简称“低槽”。在天气图上，低压槽一般从北向南伸展。一般把从南向北伸展的槽称为“倒槽”，东西向伸展的槽称为“横槽”。槽中各条等压线弯曲最大处的连线称为“槽线”。低压槽附近的气流呈辐合上升状态，故在低压槽附近易产生气旋等天气系统，常伴雨雪、大风、降温等天气。

低气压的形成大多是由于地势和热力差异形成的。低气压也称为“气旋”，发生在热带或副热带洋面上的低压气旋，当气旋中心附近风力达到 12 级或以上时被称为“台风”。

雷雨

远雷隆隆滚天边，西方云涌叠成团。
风细柳枝娴静立，蜻蜓水面低盘桓。
荷塘氤氲潮气满，电闪争鸣黑云间。
霎时风起暗天地，滂沱雨落涨河川。

作者分享

雷声隐隐，乌云滚滚，一场暴雨正在酝酿。柳枝娴垂，蜻蜓低飞，暂时的宁静看起来岁月静好。不知道当暴风雨袭来时，这些可爱的生灵该如何规避？

气象科普课堂 强对流天气

强对流天气是指发生突然、天气剧烈、破坏力极大的强烈对流性灾害天气，包括龙卷、冰雹、雷雨大风和短时强降水等。

强对流天气发生在中小尺度天气系统中，空间尺度小，水平范围一般在十几千米至两三百千米，有的水平范围只有几十米至几千米。其生命史短，为 1 小时至十几小时，较短的仅有几分钟至 1 小时。

雷雨大风，指雷雨天气时风力达到或超过 8 级的天气现象。

短时强降水，指短时间内降水强度大，降雨量达到或超过某一量值的天气现象。这一量值的规定，各地气象台站不尽相同，普遍应用的标准是：1 小时雨量大于等于 20 毫米，或 3 小时雨量大于等于 50 毫米。

强对流天气经常是电闪雷鸣、风大雨急，易发生暴雨、冰雹、雷雨大风等，出现城市内涝、农田积涝、中小河流洪水和山洪、泥石流等地质灾害，造成房屋倒毁、庄稼倒伏、树木折断、电信交通受损甚至人员伤亡。

雷阵雨

晴热云间多乱流，
雷公电母睚眦仇。
东边日出西边雨，
几处干涸几处泅。

作者分享

6 月的天，孩儿的脸，说变就变。雷阵雨具有很强的局地性和不均匀性，经常是“东边日出西边雨”，夸张时同一条马路两边，一边在下雨，另一边是晴空。

气象科普课堂 龙卷

龙卷，一种强烈的、小范围的空气涡旋，由雷暴云底伸展至地面的漏斗状云产生的强烈旋风，影响范围小、破坏力极大。

龙卷水平范围直径从几米到几百米，最大为 1 千米左右，在空中直径可有几千米，最大 10 千米。其风力可达 12 级以上，一般伴有雷雨，有时也伴有冰雹。持续时间一般仅几分钟，最长不过几十分钟，但造成的灾害很严重，往往使成片庄稼、成万株树木瞬间被毁，令交通中断，房屋倒塌。

我国的龙卷强度等级以龙卷发生时近地面阵风风速的最大值 V_{max} 为指标，将龙卷强度分为 4 个等级。一级：$V_{max} \leqslant 38$ 米 / 秒；二级：38 米 / 秒 $< V_{max} \leqslant 49$ 米 / 秒；三级：49 米 / 秒 $< V_{max} \leqslant 74$ 米 / 秒；四级：$V_{max} > 74$ 米 / 秒。龙卷强度等级与美国 EF 等级存在以下对应关系：一级对应 EF0 及其以下；二级对应 EF1；三级对应 EF2、EF3；四级对应 EF4、EF5。

大雨

黑云压城风满楼，
大雨滂沱铸急流。
一夜风云激荡事，
原野舒眉解千愁。

作者分享

夏天的雨，总是那么轰轰烈烈！乌云翻滚、电闪雷鸣、飞沙走石、倾盆滂沱！

气象科普课堂 飑线

飑线，指范围小、生命史短、气压和风发生突变的狭窄强对流天气带，常常是排列成带状的雷暴群。其宽度由不及 1 千米至几千米，最宽至几十千米，长度一般由几十千米至几百千米，维持时间由几小时至十几小时。

飑线过境时，会出现风向突变、风力急增、气压猛升、气温骤降等强天气现象，通常还伴有雷电、暴雨、冰雹和龙卷等剧烈的天气过程。

飑线主要发生在炎热的季节里，发生之前多属晴热天气，气温高，风力微弱，风向杂乱，空气湿度大，具备雷雨条件，且多发生在下午至晚上。飑线后的风速一般为十几米每秒，强时可超过 40 米 / 秒。降水区多在飑线后，飑线两侧温差可达 10 ℃以上。

具有不同特征的两个气团相互碰撞是飑线形成的必要条件。最常见的情况是冷气团与暖气团碰撞，有时是干空气与湿空气碰撞。大多数飑线开始于干燥、密度较大的冷空气。其形成和发展与一定的大尺度天气形势有关，主要发生在地面冷锋前 100 ～ 500 千米的暖区里，也与高空急流有一定的联系，多发生于急流区或风垂直切变较大的区域。

中伏

中伏遇大暑，天地架锅釜。
驿路空生烟，田野晒焦土。
热力罩城埠，肆意烤蒸煮。
鸟雀无可去，聚闹林深处。

作者分享

中伏，大暑，空气闷热潮湿难耐，大汗淋漓常伴，蒸烤无处不在，出门就好像移动的烤串！鸟雀也只躲在密林阴凉处叽叽喳喳。最幸福的就是宅在家里与空调、网络、西瓜相伴啦。

气象科普课堂 三伏

三伏出现在小暑与处暑之间，即公历 7 月中旬到 8 月中旬，是一年中气温最高且又潮湿、闷热的时段。

三伏有初伏、中伏和末伏，它的日期是由节气日期和干支纪日日期相配合来决定的。初伏、末伏规定的时间是 10 天。中伏的天数则有长有短，可能是 10 天，也可能是 20 天，取决于每年夏至节气后第三个庚日（初伏）出现日期的早晚。因此有些年份伏天是 30 天，有些是 40 天。

三伏天是北半球太阳高度角最高的一个阶段，此时副热带高压加强，在其控制下，天气多晴朗少云，阳光强烈、照射时间长，地表对热量的吸收远大于散发，地面积累的热量一天天增加，温度持续增高。另外，夏季雨水多，以东南风为主，空气湿度大，水的比热容比干空气要大得多，这也是天气闷热的原因之一。

台风

台风强力驾龙王，所经之处风雨狂。
天中一日尽沼泽，田野青禾片片躺。
豫东马路行快艇，村庄孤独漂汪洋。
今夜豫南雨渐弱，北邻滂沱仍嚣张。

作者分享

台风登陆后强度大大减弱，但仍能带来狂风暴雨，如果跟西风带低槽和冷空气相遇，雨势就更强烈了。

气象科普课堂 台风的产生及其移动路径

在热带海洋上经常有许多弱小的热带涡旋，是台风的“胚胎”，台风总是由这种弱的热带涡旋发展成长起来。气象卫星观测表明，在洋面上出现的大量热带涡旋中，大约只有 10% 能够发展成台风。一个台风的形成需要具备以下必要条件：足够广阔的热带洋面，海面水温在 26 ℃以上；预先有一个弱的热带涡旋存在，涡旋区内气流向上运动；涡旋至少离赤道几个纬度；在弱的涡旋上方，高低空之间的风向风速差别小。

台风移动的动力可分为内力与外力两种。内力的大小和台风的半径、涡旋内空气的辐合、上升运动和切变风大小成正比，与台风中心所在纬度成反比。外力主要有环境气流的气压梯度力、地转偏向力和摩擦力等。

在西太平洋地区，台风移动的路径大致有三条：一是偏西路径，台风经过菲律宾或巴士海峡进入南海，西行到海南岛或越南登陆；二是西北路径，台风向西北偏西方向移动，在台湾登陆，然后穿过台湾海峡在福建省登陆；三是转向路径，台风从菲律宾以东的海面向西北移动，在 25° N 附近转向东北方，向日本方向移动。

雨

黑云渐起天光暗，
灰雀惊飞寻屋檐。
何处又落滂沱雨，
丝丝清凉进珠帘。

作者分享

夏日的傍晚，黑云乍起，天光忽暗，雨还没有到来，隔着珠帘已经感觉到凉凉的风了。

气象科普课堂 台风和飓风的命名规则

台风和飓风都是产生于热带洋面的一种强烈气旋，发生在太平洋西部、国际日期变更线以西的称为“台风”，发生在大西洋或北太平洋东部的称为“飓风”。根据命名表，每个台风和飓风都有自己的名字，在整个生命史中无论加强或减弱，其名字始终保持不变。

台风命名表共有 140 个名字，来自世界气象组织台风委员会 14 个成员，每个成员提供 10 个名字。按该表顺序对台风命名，循环使用。这些名字大都含有文雅、和平之意，寓意台风带来的伤害能小一些，如我国提供的名字“悟空”“玉兔”“杜鹃”等。

飓风命名表共有 6 份，每份有 21 个名字，每年一份作为当年的飓风名字清单，每 6 年循环一次。2021 年之前，当年的 21 个名称用完后使用希腊字母来命名。2021 年世界气象组织飓风委员会决定不再使用希腊字母命名，而是增加了一份包含 21 个新名称的名单，这份新增的名单只在当年命名飓风数量超过 21 个时使用。共计 147 个名字，大多采用人名。

如果某个台风或飓风威力巨大，对人类生命财产造成特别大的损失，就会用当时的名字永久记录该台风或飓风，这个名字会从命名表中删除，然后递补新的名称来替换。

抗洪

强势滂沱水成患，街衢成河行舟船。
四处汪洋翻浊浪，洼地涵洞卷涡旋。
自救互助洪水间，子弟兵冲第一线。
八方兄弟急驰援，众志成城抗灾患！

作者分享

2021 年 7 月河南极端暴雨造成大范围洪涝灾害。在突如其来的灾难面前，受困民众互救互助，子弟兵逆行奉献，救援力量自四面八方赶来，政府调度指挥抗洪抢险、灾后重建，把洪涝带来的损失降到了最低。

气象科普课堂 暴雨成因及其危害

24 小时降雨量为 50.0 ～ 99.9 毫米称“暴雨”、100.0 ～ 249.9 毫米为“大暴雨”、大于等于 250.0 毫米称“特大暴雨”。

由于各地降水和地形特点不同，暴雨洪涝的标准也不同。按照发生和影响范围的大小可划分为：局地暴雨、区域性暴雨、大范围暴雨、特大范围暴雨。

暴雨可能引发山洪、滑坡、泥石流等地质灾害，可导致水土流失、工程失事、房屋损毁、堤防溃决和农作物被淹，造成严重的人员伤亡和财产损失。

我国历史上严重的洪涝灾害几乎都是由暴雨引起的，像 1954 年 7 月长江流域大洪涝、1963 年 8 月河北洪水、1975 年 8 月河南驻马店大水、1991 年江淮大水、1998 年长江全流域特大洪涝灾害、2021 年 7 月河南洪水等，都给人民生产生活和社会带来了严重的损失。

重建家园

洪水退却满疮痍，收拾涕泪停唏嘘。
不负万千相助人，停摆生活重启迪。
擦去污浊洗泥铅，还我绿城清秀颜。
掷地有声中原人，众志成城建家园。

作者分享

洪水过后，人们擦干眼泪，撸起袖子加油干，在废墟上重建家园，用勤劳的双手开创新的生活！

气象科普课堂 暴雨预警信号

气象部门通过监测分析，在暴雨到来之前发布暴雨预警信号，由一般到严重分四级，分别以蓝色、黄色、橙色、红色表示。

蓝色：12 小时内降雨量将达 50 毫米以上，或者已达 50 毫米以上且降雨可能持续。

黄色：6 小时内降雨量将达 50 毫米以上，或者已达 50 毫米以上且降雨可能持续。

橙色：3 小时内降雨量将达 50 毫米以上，或者已达 50 毫米以上且降雨可能持续。

红色：3 小时内降雨量将达 100 毫米以上，或者已达 100 毫米以上且降雨可能持续。

暴雨防御指南：积水漫入室内时，立即切断电源，防止积水带电伤人；立即停止田间农事活动和户外活动；在户外积水中行走时，要注意观察、贴近建筑物行走，防止跌入窨井、地坑等；注意夜间暴雨，提防旧房屋倒塌伤人；驾驶员遇到路面或立交桥下积水过深时，应尽量绕行，避免强行通过；雨天汽车在低洼处熄火，千万不要在车上等候，立即下车到高处等待救援。

远雷

雨打芭蕉绿叶新，
层云遮月酣梦寝。
天际远雷一两声，
四野蛙鸣奏和音。

作者分享

夜雨霏霏，空气格外清新，天边有雷声隐隐约约地传来，窗外的草地里蛙声阵阵、虫声唧唧。这种自然的和声有一种奇妙的催眠作用，可以让人一觉睡到天亮啦。

气象科普课堂 雷电及其危害

雷电一般产生于对流发展旺盛的积雨云中，是一种伴有雷鸣的放电现象。积雨云的不同部位携带的电荷不同，会形成电位差，当电位差达到一定程度后会产生放电。放电有的发生在云层与云层之间，有的发生在云层与大地之间，放电时产生的强光就是闪电。

闪电的平均电流是 3 万安培，最大电流可达 30 万安培；闪电的电压很高，为 1 亿～ 10 亿伏特；闪电发生时释放出的大量热能，能使局部空气温度瞬间升高 1 万～ 2 万℃。一个中等强度雷暴的功率可达 1000 万瓦，相当于一座小型核电站的输出功率，具有极大的破坏力。

在放电的过程中，由于闪电通道中温度骤增，空气体积急剧膨胀产生冲击波，导致强烈的雷鸣。带有电荷的云体与地面的突起物接近时，它们之间会发生激烈的放电；当雷雨云较低时，也会在建筑物或树木上产生静电感应，大量电流沿着建筑物或树木导入大地，会击毁建筑物及输电和通信设施，引起火灾，一旦人体被纳入或接近电流通路，也会受到严重伤害。

雹暴

向晚风起雷震天，
雨携雹粒砸屋檐。
窗外兵马吼声急，
夜深犹自梦难安。

作者分享

炎炎夏日，热力蒸腾，积蓄了一天的能量在傍晚时分暴发了。电闪雷鸣齐发，狂风暴雨夹杂着冰雹劈头盖脸砸下来，一场雹暴轰轰烈烈、气势恢宏！

气象科普课堂 雷电防御指南

雷电预警信号分为三级，从低到高分别以黄色、橙色、红色表示。

黄色预警：6 小时内可能发生雷电活动，可能会造成雷电灾害事故。

橙色预警：2 小时内发生雷电活动的可能性很大，或者已经受雷电活动影响，且可能持续，出现雷电灾害事故的可能性比较大。

红色预警：2 小时内发生雷电活动的可能性非常大，或者已经有强烈的雷电活动发生，且可能持续，出现雷电灾害事故的可能性非常大。

雷电灾害防御指南：高大建筑物上必须安装避雷装置；注意关闭门窗，远离门窗、水管、煤气管等金属物体；关闭家用电器，拔掉电源插头，防止雷电从电源线入侵；在室外时要及时躲避，在空旷的野外无处躲避时，应尽量寻找低洼之处藏身，或者立即下蹲降低身体高度；远离孤立的大树、高塔、电线杆、广告牌；立即停止室外游泳、划船、钓鱼等水上活动；如多人共处室外，相互之间不要挤靠，以防雷击后电流互相传导；对被雷击中人员，应立即采用心肺复苏法抢救。

秋之恋

太阳雨

蓝天白云太阳雨，几处尘埃烟成缕。
蝉声单调催人睡，檐下风铃奏新律。
帘外石径烫脚心，两叟柳荫遣兵旅。
盛夏晴空生暗流，乌云镶金自来去。

作者分享

晴朗的夏日午后也会暗流涌动，太阳还照着，乌云像镶了金边一样来来去去，时不时地一阵小雨，落在地面上腾起阵阵尘埃。柳树下的大爷正在棋盘上调兵遣将，这些“毛毛雨”丝毫不会影响到他们！

气象科普课堂 太阳雨

太阳雨，指太阳和降水同时出现的天气现象，一般多发生在夏季。

太阳雨是由于夏天辐射较强，对流旺盛，形成范围、强度大小不一的对流云。高空中两块带有不同电荷的云在风的作用下相互碰撞，造成局部地区空中水汽含量过大，形成降雨。云层本来就较薄，也没有多少水分，而太阳辐射又使水汽蒸发得较快，所以从高空降下的雨还没落地，云就已经消失了，这就形成了太阳雨。

夏天，太阳很好，万里晴空，暴雨突降，太阳还没有完全被乌云遮住，而一股冷气流已经到来，也会形成太阳雨。

太阳雨一般雨量不大，持续时间较短。太阳雨之后，往往会出现彩虹。只要太阳高度角和目击者所站的位置合适，就能观测到彩虹。“不经历风雨，怎能见彩虹”是有道理的。

火烧云

长空摆擂挂雨幡，黑云压城吞万千。
滂沱惊雷破竹过，祥云缭绕九重天。
七彩虹桥渡牛郎，织女绣架绫罗翻。
通红火烧烹佳肴，琥珀美酒洒云间。

作者分享

雷雨之后，日落之前，天空碧蓝，晚霞铺满西天。忽见东方架起一道美丽的彩虹，牛郎织女能在这个彩虹桥上相见吗？

气象科普课堂 火烧云、彩虹

火烧云常出现在夏季，特别是雷雨之后的日落前后，红彤彤的云霞布满大半个天空，像着了火一样。

大气本是无色的，太阳光是由红、橙、黄、绿、青、蓝、紫七色光混合而成，阳光进入大气层时，波长较长的红光、橙光等遇到空气中的尘埃时，透射力最强，能透过大气层直射向地面，而波长较短的紫光、蓝光、青光很容易被悬浮在空气中的微粒向四面八方散射而布满天空，所以天空会呈现蔚蓝色。

火烧云形成原理：夏季的傍晚，雷雨天气后云量较多、云层较厚且较低，斜射的太阳光中黄、绿、青、蓝、紫几种光不能穿透云层，只有红、橙光可以穿过空气层探出头来，将天边“染”成红色，这就形成了火烧云。

彩虹又称“天虹”“绛”等，是大气中的一种光学现象。当太阳光照射到半空中的水滴，光线被折射及反射，在天空中形成七彩光谱，由外围至内圈呈红、橙、黄、绿、青、蓝、紫七种颜色。只要空气中有水滴，阳光在观察者的背后以低角度照射，便可以观察到彩虹现象。彩虹通常在下午、雨后刚转天晴时出现，在瀑布附近也可经常见到彩虹。

游鸡公山

细雨霏霏湿层峦，
林杉落叶铺红毡。
石径通幽伴长溪，
鸡公昂首云雾间。

作者分享

信阳鸡公山，林深境幽，有“青分楚豫、襟扼三江”之美誉，有“佛光、云海、雾凇、雨凇、霞光、奇花异草、奇峰怪石、瀑布流泉”八大奇观，值得一游！

气象科普课堂 风的形成原因和种类

风，是空气流动引起的一种自然现象。太阳光的照射使近地面空气受热膨胀上升，冷空气横向流入，这种空气的流动就产生了风。

山谷风：在山区，白天风沿山坡往上吹，夜间则沿山坡往下吹。这种在山坡和山谷之间，随昼夜交替而转换风向的风叫“山谷风”，是由于山坡、山谷和山地、平原间的气温差造成的。

海陆风：在近海岸地区，白天陆地气温高于海上，而夜间相反，这样白天风从海上吹向陆地，夜里风从陆地吹向海上。

季风：随着季节交替，盛行风向有规律地转换。我国是季风显著的国家，冬季多偏北风，夏季多偏南风。

信风：在低层大气中，从副热带高压带吹向赤道低气压带的持续性风。北半球盛行东北信风，南半球盛行东南信风。这种风的方向很少改变，年年如此，稳定出现，因此被称为“信风”，古代商人利用它的规律性做航海贸易，称其为“贸易风”。

反信风：在赤道地方上升的热空气到了大气上层分向两级流动，这种气流就称“反信风”。

秋寒

夜来风急马嘶吼，
尘卷落叶树低头。
寒意渐浓枯百草，
原野青苗不识愁。

作者分享

强冷空气来临的时候，北风怒吼，温度急剧下降，残秋扫尽，一夜入冬。

气象科普课堂 大风预警信号

大风预警信号是气象部门通过监测分析在大风到来之前做出的预警信号，分为四级，分别以蓝色、黄色、橙色、红色表示。

蓝色预警：24 小时内可能受大风影响，平均风力可达 6 级以上，或者阵风 7 级以上；或者已经受大风影响，平均风力为 6 ～ 7 级，或者阵风 7 ～ 8 级并可能持续。

黄色预警：12 小时内可能受大风影响，平均风力可达 8 级以上，或者阵风 9 级以上；或者已经受大风影响，平均风力为 8 ～ 9 级，或者阵风 9 ～ 10 级并可能持续。

橙色预警：6 小时内可能受大风影响，平均风力可达 10 级以上，或者阵风 11 级以上；或者已经受大风影响，平均风力为 10 ～ 11 级，或者阵风 11 ～ 12 级并可能持续。

红色预警：6 小时内可能受大风影响，平均风力可达 12 级以上，或者阵风 13 级以上；或者已经受大风影响，平均风力为 12 级以上，或者阵风 13 级以上并可能持续。

秋歌

秋阳暖融融，秋水碧波生。
秋叶舞秋风，秋桂香朦胧。
我吟秋虫和，我舞秋月行。
我歌向秋山，秋山应我声。

作者分享

秋之美令人陶醉：暖暖的秋阳，碧绿的秋水，跳舞的秋叶，星空下香气流淌的秋桂，我低吟时有秋虫相和，我歌唱时有秋山回应！一切都是那么美好！

气象科普课堂 冰雹

冰雹也叫“雹”，俗称“雹子”，有的地区叫“冷子”，多出现在夏季或春夏之交，是一些小如绿豆、黄豆，大似栗子、鸡蛋的冰粒。

冰雹是在对流云中形成的。水汽随气流上升遇冷会凝结成小水滴，达到 0 ℃以下时凝结成冰粒，并吸附其周围小冰粒或水滴而长大，直到其重量无法为上升气流所承载时就往下降，降落至较高温度区时，表面融化成水，同时又吸附周围小水滴，此时若遇强大的上升气流又会被抬升，表面又凝结成冰，如此反复进行如滚雪球般体积越来越大，直到它的重量大于气流升力与空气浮力之和，即往下降落，若到达地面时未完全融化成水仍呈固态冰粒，则称为“冰雹”。

冰雹灾害特征：局地性强，影响范围一般宽几十米到数千米，长数百米到十多千米；历时短，一次降雹时间一般只有 2 ～ 10 分钟，少数在 30 分钟以上；受地形影响显著，地形越复杂越易发生；季节性强，大多出现在 3—10 月；时间性强，在下午到傍晚为最多。

秋桂

蓝天高远飞纸鸢，丽日炫目风轻软。
廊外香桂缀黄金，推门扑面袭人甜。
远星闪烁饰幕帘，秋虫唧唧月宫寒。
流连徘徊不忍去，唯愿一醉桂香间。

作者分享

进入秋天，空气湿度减小，白天秋高气爽、丽日高悬，夜晚繁星闪烁、虫声唧唧。中秋前后桂花开放，氤氲的桂香让人陶醉、流连忘返！

气象科普课堂 冰雹预警及防御指南

冰雹预警信号是气象部门通过气象监测和分析在冰雹到来之前做出的预警信号，分二级，分别以橙色、红色表示。

橙色预警信号标准：6 小时内可能出现冰雹天气，并可能造成雹灾。

红色预警信号标准：2 小时内出现冰雹可能性极大，并可能造成重雹灾。

冰雹防御指南：关好门窗，妥善安置好易受冰雹大风影响的室外物品；居民切勿随意外出，确保老人小孩留在家中；幼儿园小朋友、学校学生应安置在教室内，暂停户外活动；户外作业人员要停工，应立即到室内暂避；户外人员不要进入孤立棚屋、岗亭等建筑物，或在高楼烟囱、电线杆或大树底下躲避，而要尽量找到一个坚固的地方躲避，尤其是在出现雷电时。

潮日

潮气涌生月隐藏，
田沟蛙鸣赛歌场。
薄雨润色天地青，
伏日流光暂清凉。

作者分享

连着下了几天雨，潮气氤氲，蛙声四起，虽在三伏天内却是难得的清凉。这种情况出现在受低涡、低槽等天气系统控制的时候。

气象科普课堂 低涡、冷涡、极涡

低涡：指出现在大气中低层、水平和垂直范围都较小的低压涡旋，通常存在于1500～3000米的高空。低涡区内有较强的上升运动，为降水提供有利条件。低涡形成后大多在原地减弱、消失，也有的低涡随低槽或高空引导气流东移，并不断得到加强和发展，雨区扩大、降水增强，成为影响我国江淮流域甚至华南地区的主要天气系统。

冷涡：冷性低涡的简称，主要是指存在于中高纬度对流层中、上层（5000米左右）的冷性闭合低压环流系统，其中心气温明显低于四周。

极涡：极地涡旋的简称，又称“绕极环流”“绕极涡旋”，是极地高空冷性大型涡旋系统，对极区和高纬地区的天气有明显影响。

对我国天气影响较大的低涡可分为两类：一类是在青藏高原特殊地形作用下产生的尺度较小的短波系统，多存在离地面2000～3000米的低空，如产生于四川西南部的西南涡和青海湖附近的西北涡；另一类是尺度较大的长波系统，从低空到高空都有表现，如东北冷涡、华北冷涡等。受冷涡影响的地区，常出现强对流天气，如冰雹、暴雨等。

秋野

秋起凉微微，旷野疗人惫。
黍熟豆荚黄，满山新果脆。
长日无荫翳，田间粒尽归。
何事忧思虑，俱随雁南飞。

作者分享

秋天是成熟的季节，田野里充满收获的喜悦，人间的忧愁思虑，都让南飞的大雁带走吧！

气象科普课堂 影响我国的冷空气来源及路径

冷空气最初都来自北冰洋地区，然后经过西伯利亚地区得到加强，最后进入我国。冷空气入侵会带来降温和大风天气，当暖湿空气条件较好时会出现大范围的雨雪天气。

据统计，95% 左右的冷空气都要经过西伯利亚中部地区（称“寒潮关键区”）并在这里积累加强。冷空气从寒潮关键区入侵我国主要有 4 条路径。

中路（西北路）：从寒潮关键区经蒙古到达我国河套附近南下，直达长江中下游及江南地区。

东路：从寒潮关键区经蒙古到我国华北北部，在冷空气主力继续东移的同时，低空的冷空气折向西南，经渤海侵入华北，再从黄河下游向南可达两湖盆地。

西路：冷空气从寒潮关键区经新疆、青海、西藏高原东北侧南下。

东路加西路：东路冷空气从河套下游南下，西路冷空气从青海东南下，两者在黄土高原东侧合并后再南下。

秋荷

荷衰花谢锈上襟，蓬满子老藕色新。
翠叶曾露待骄阳，幽香夜半宿莲心。
夏光渐逝荷光隐，秋风渐起香少痕。
霜色新染萧萧地，独立残荷听雨音。

作者分享

莲藕成熟的时候，莲叶开始衰败。那曾经盛着露水迎接骄阳的翠叶，那夜半萦绕在花心里的幽香，荷田的荣光随着夏的离去渐渐消隐。霜色增萧条，雨夜听残荷。

气象科普课堂 冷锋、暖锋

冷、暖气团的交界面叫“锋面”，亦称“锋区”，水平范围可由几百米到几千米。一般冷、暖气团相遇时，冷气团在下、暖气团在上。锋面两侧的温度、湿度、气压、风等都有明显的差别，锋面附近常伴有云、雨、大风等天气。

根据冷、暖气团所占的主次地位不同，可以将锋分为冷锋、暖锋、准静止锋和锢囚锋等类型。

冷锋：冷气团主动移向暖气团，较重的冷气团前缘插入暖气团下方，暖气团被迫抬升冷却，其中水汽凝结成云、雨、雪。冷锋过境时多阴天或下雨、刮风天气，冷锋过境后气温、湿度骤降，气压升高，天气转晴。

暖锋：暖气团沿冷气团徐徐爬升，其中水汽冷却凝结产生云、雨，因为移速慢，易形成连续性降水或雾。暖锋过境后，气温上升，气压下降，天气转晴。

准静止锋：指冷、暖气团势均力敌，保持一种相对静止的状态，给锋面所在地带来连续性的阴雨天气。

秋意

秋意阑珊云满天，夜来听雨敲窗檐。
桐叶寻根莲子老，黄菊满篱见南山。
长空又见排行雁，蝉声不再聒耳边。
月色清凉照疏影，桂香果香伴好眠。

作者分享

桐叶寻根，莲藕老成，看黄菊满山，听雁鸣长空，秋天，有衰落也有收获，有别离也有新生。珍惜当下，在秋天满满的桂香和果香中做个甜美的梦吧！

气象科普课堂 切变线、辐合线及其影响天气

切变线是指风场中具有气旋式切变的不连续线，实际上也是两种相互对立的气流间的交界线。在地面和高空都可出现，以 1500 ～ 3000 米高空为多。切变线和地面锋系配合，是主要的降水天气系统之一。它在一年四季均可出现，以冷、暖空气频繁活动的晚春、初夏为多。切变线上的气流水平辐合明显，有利于上升运动，易产生云雨天气。切变线附近降水分布很不均匀，常在辐合较强、水汽供应充沛的地区形成暴雨。西南低涡沿切变线东移，常是水汽辐合增强、形成暴雨的主要原因。

辐合线是指地面附近的气流汇合地带，主要由空气流向、流速的差异所致。风向或风速的辐合形成辐合线，气流汇合上升，是触发强对流天气的重要机制。如果大气层结有利于对流的发展，强对流容易在边界层辐合线之间的碰撞交叉处形成；边界层辐合线的存在能使雷暴加强。

秋老虎

秋日老虎势非虚，强撑硬凸呈余威。
暑气灼灼不肯退，熏风绵绵连日吹。
雨丝飘忽难落地，云间平和无作为。
岁月静好埋隐忧，一朝风起铩羽归。

作者分享

秋老虎，其实是个“纸老虎”，别看白天炎热异常，一到夜里就凉爽多了，因为这个时期空气干燥，人体感觉不像盛夏时那么潮湿闷热。此时北方冷空气势力逐渐增强，一旦有冷空气袭来，秋老虎的威力会迅速瓦解。

气象科普课堂 秋老虎

秋老虎，在气象学上是指立秋之后又短期回热到 35 ℃以上的天气，发生在每年的 8 月底至 9 月之间。其形成主要是因为控制我国的西太平洋副热带高压在秋季逐步南退后再度回归。

我国地域辽阔，秋老虎的表现各有不同，华南的秋老虎要比长江流域来得迟，一般推迟 2 ～ 4 个节令。另外，秋老虎控制的时间有长有短，半个月至两个月不等；有的秋老虎来了去，去了又回头。

秋老虎天气虽然气温较高，但总的来说空气干燥，阳光充足，早晚不是很热，特别是在夜晚，上半夜时还感觉暑热难当，下半夜或凌晨时就可能转凉，因此要注意防止受寒，警惕“秋老虎”伤人。一旦冷空气来临，高温天气会立即得到缓解。

初秋

熠熠暖阳仍傲娇，午时炎炎惹人躁。
若论秋心朱砂痣，晨风明月两相好。
金风玉露相媚邀，杨柳依依长堤绕。
月下独酌对黄菊，桂花树影等香飘。

作者分享

初秋遭遇秋老虎，早晨清风凉爽，午后高温暴晒犹如盛夏，夜晚明月皎辉朗朗。绿柳浓荫依旧，菊花含苞待放，桂香在酝酿，燕子还没有离开，美好的秋天开始了。

气象科普课堂 二十四节气之立秋

立秋（公历 8 月 8 日前后），秋季的第一个节气。立秋后阳气渐收、阴气渐长，万物开始从繁茂成长趋向萧索成熟，气候由夏季的多雨湿热逐渐向秋季的少雨干燥过渡。季节转换，南方地区的降雨量、干湿度等变化明显，北方地区的气温变化明显。

立秋并不代表酷热天气就此结束，暑热还将持续，秋季第二个节气（处暑）后才出暑。所谓“热在三伏”，又有“秋后一伏”之说，即立秋后还有至少“一伏”的酷热天气。立秋这天往往还处在中伏期间，真正有凉意一般要到白露节气之后。

传统的四季划分依据天象变化，以二十四节气中的“四立”作为四季的始点，秋季以立秋为始点，至立冬结束。现代气象学按“候平均气温法”划分，以日平均气温连续 5 天降至 22 ℃以下算入秋。我国除长年皆冬和春秋相连无夏区外，很少有在立秋这天就真正入秋的地区。

秋影

树影斑驳鸟语侬，高天闲云雁多情。
橙红橘绿正当时，山色斑斓水色青。
荷田萧瑟花才谢，绿枫初寒叶尖红。
每行不惜绕路远，只为深嗅桂香浓。

作者分享

秋天是色彩斑斓的季节，有橙红橘绿，有高天飞雁，有莲藕丰满，有枫叶初红。因为喜欢那棵盛开的桂花树，绕路走也要经过！

气象科普课堂 二十四节气之处暑

处暑（公历 8 月 23 日前后），秋季的第二个节气。处暑，即为“出暑”，“处”含有躲藏、终止的意思，“处暑”表示炎热暑天结束了。

时至处暑，太阳直射点继续南移，太阳辐射减弱，副热带高压也向南撤退，气温逐渐下降，炎热的酷暑已渐消退，气温不会异峰突起，意味着酷热难熬的天气到了尾声。但此间仍然会出现短期回热天气，真正开始有凉意一般要到白露之后。

处暑节气后，蒙古冷高压开始增强。在冷高压的控制下，形成下沉、干燥的冷空气，东北、华北、西北雨季结束，率先开始了一年之中最美好的天气——秋高气爽。

处暑在日常生活中起到的意义，就是提醒人们暑气渐渐消退，天气由炎热向凉爽过渡，要注意预防“秋燥”。

白露

露从今夜白，
秋气浸千籁。
橙红橘绿时，
长空过雁排。

作者分享

“蒹葭苍苍，白露为霜。”白露，像一道清凉灿烂的藩篱，把夏天和秋天彻底分开，从此再不必眷恋春之香艳、夏之火热。秋天的美，美在天高云淡，美在锦绣无限，橙红橘绿正当时，层林尽染热烈灿烂！

气象科普课堂 二十四节气之白露

白露（公历 9 月 8 日前后），秋季的第三个节气，是反映自然界寒气增长的重要节气。

时至白露，夏季风逐渐为冬季风所代替，冷空气转守为攻，加上太阳直射点南移，北半球日照时间变短，光照强度减弱，地面辐射散热快，所以气温下降速度也逐渐加快。白露基本结束了暑天的闷热，天气渐渐转凉，寒生露凝。

进入白露，最明显的感觉就是昼夜温差较大，夜间会感到一丝丝的凉意，虽然暑热可能不会一下子退场，但是闷热感会退去。天气逐渐转凉，白昼阳光尚热，太阳归山，气温便很快下降，所以有“白露秋分夜，一夜凉一夜”之说。

从白露节气开始，按照气候学划分四季的标准，各地陆续开始进入秋天。这时，我国各地昼夜温差可达 8 ～ 16 ℃，是一年中温差较大的节气，也是我国各地秋收大忙季节。

秋分

桂香满庭柿红熟，枣鲜榴甜菊满谷。
从此昼短夜渐长，好梦常伴月色拂。
登高远望清风沐，层林尽染斑斓图。
渔樵耕读收获季，胸襟长展意长舒。

作者分享

色彩斑斓的秋天，是成熟的季节，是努力耕耘的人们收获的季节！

气象科普课堂 二十四节气之秋分

秋分（公历 9 月 23 日前后），秋季的第四个节气。秋分这天太阳几乎直射地球赤道，全球各地昼夜等长。

秋分，“分”即为“平分”“半”的意思，除了指昼夜平分外，还有一层意思是平分了秋季。秋分日后，太阳光直射位置南移，北半球白昼开始短于黑夜，昼夜温差加大，气温逐日下降。

秋分曾是传统的“祭月节”，中秋节即是由“秋夕祭月”演变而来。据考证，最初“祭月节”定在秋分这天，不过由于这天不一定都有圆月，后来就将“祭月节”由秋分调至农历八月十五日。2018 年起，我国将每年秋分设立为“中国农民丰收节”。

秋分时节，我国长江流域及其以北的广大地区，均先后进入了以候平均气温划分的秋季，日平均气温都降到了 22 ℃以下。北方冷气团开始具有一定的势力，大部分地区雨季刚刚结束，凉风习习，碧空万里，风和日丽，秋高气爽。

寒露

秋雨沥沥暗长空，
秋风瑟瑟落梧桐。
鸟雀寂寂躲屋檐，
行人缩首步匆匆。

作者分享

“一场秋雨一场寒”，晚秋，冷空气活动越来越频繁，一场冷空气下来，秋的萧瑟肃杀便一下子显露了出来。

气象科普课堂 二十四节气之寒露

寒露（公历10月8日前后），秋季的第五个节气。寒露节气后，昼渐短，夜渐长，日照减少，热气慢慢退去，寒气渐生，昼夜的温差较大，晨晚略感丝丝寒意。

寒露以后，北方冷空气已有一定势力，我国大部分地区处在冷高压的控制之下，雨季结束。民间有谚语“露水先白而后寒”，意思是白露节气后，露水从初秋泛着一丝凉意转为深秋透着几分寒冷的“白露欲霜”，生动地反映了气温的不断下降。随着寒气增长，万物也逐渐萧索。

从气候特点上看，寒露时节，南方秋意渐浓，气爽风凉，少雨干燥，华南日平均气温大多不到20 ℃，长江沿岸地区气温也很难升到30 ℃以上，而最低气温却可降至10 ℃以下；北方这时已呈深秋景象，白云红叶，偶见早霜，有些地区会出现霜冻；东北、西北地区已进入或即将进入冬季，千里霜铺、万里雪飘，与南方秋色迥然不同；西北高原除了少数河谷低地以外，候平均气温普遍低于10 ℃，已是冬季了。

寒露时节，很多地方有赏红叶的习俗，“霜叶红于二月花”说的也是这个季节。

霜降

秋深染叶黄，露凝生白霜。
夜来寒意重，蛰虫渐失嗓。

作者分享

秋风起，天转凉，天凉别忘加衣裳；秋雨落，寒霜降，有人挂你在心上！寒冷的日子里，有人惦念着，被人惦念着，那份幸福温暖，可以驱走一切寒意！

气象科普课堂 二十四节气之霜降

霜降（公历 10 月 23 日前后），秋季的最后一个节气。由于“霜”是气温骤降、昼夜温差变化大的表现，故以“霜降”命名这个节令。就全国平均而言，霜降是一年之中昼夜温差最大的时节。

进入霜降节气后，影响我国的冷空气活动越来越频繁，江南、华南地区气温起伏愈发明显，西北、东北部分地区早已呈现出一派“寒风落叶”的初冬景象。立冬前后，往往会出现较强的大风降温天气，一些地方在较短时间就跨入了冬季。

霜降节气反映的是天气渐渐变冷的气候特征，并不表示进入这个节气就会降霜。其实，霜也不是从天上降下来的，而是近地面空气中的水汽遇到寒冷凝结而成的。

重阳

人生如歌岁如梭，
年年重阳，今又重阳，
秋雨暂歇燕绕梁。
一曲跌宕唱悲欢，
繁华易过，岁月蹉跎。
尾音劲飙入云河。

作者分享

岁月蹉跎，人生如歌，有舒缓有急促，有高潮有低谷，有序曲有尾音。人生的尾音之美，犹如经年老酒，甘美醇厚，回味无穷！

气象科普课堂 重阳节

重阳节，每年农历九月初九，是中国民间传统节日。“九”数在《易经》中为阳数，“九九”两阳数相重，故曰“重阳”；因日与月皆逢九，故又称为“重九”。古人认为九九重阳是吉祥的日子，民间有登高祈福、拜神祭祖及饮宴祈寿等习俗。

重阳节在历史发展演变中杂糅多种民俗为一体，承载了丰富的文化内涵。在民俗观念中“九”在数字中是最大数，有长久长寿的含意，寄托着人们对老人健康长寿的祝福。2006 年 5 月 20 日，重阳节被国务院列入首批国家级非物质文化遗产名录。

庆祝重阳节一般的民俗包括出游赏景、登高远眺、观赏菊花、采中草药、摆敬老宴、吃重阳糕、制药酒养生、饮菊花酒等活动。金秋九月，天高气爽，登山“辞青”与古人在阳春三月春游“踏青”相对应，令人心旷神怡，可陶冶情操、健身祛病。

冬之韵

立冬

庭前木叶半青黄，
红枫绿松着轻霜。
秋暖锦绣无多日，
寒意渐浓待梅香。

作者分享

秋冬之交，仍是满目锦绣。一树黄配青，一树绿映红，一树金桂流残香，一树海棠果熟成；一声金雀鸣，一声童音清，一声鸽哨荡蓝天，一声雁鸣隐云中！

气象科普课堂 二十四节气之立冬

立冬（公历 11 月 7 日或 8 日），是冬季的第一个节气，意味着大自然生气开始闭蓄，万物进入休养、收藏状态，气候由秋季的少雨干燥向冬季的阴雨寒冻渐变。

立冬后，日照时间将继续缩短，正午太阳高度继续降低，由于地表贮存的热量还有一定的能量，一般初冬时期还不是很冷，随着时间的推移，冷空气活动逐渐频繁，气温下降趋势加快。

立冬代表着冬季的开始。气象上以候平均气温稳定降到 10 ℃以下为冬季的开始，至候平均气温 10 ℃以上时结束。

南方地区从立冬至小雪期间，常会出现风和日丽、温暖舒适的“小阳春”天气，因此民间有“十月小阳春”之说；秦岭—淮河以北附近地区，降温成为这个时节的常态；东北和西北地区此时已是大雪纷飞的景象了，尤其是东北黑龙江地区早在立冬到来之前就已经入冬；而西北地区秋季的红黄景象还未完全褪去，但雪花已经开始飘落了。

雪

层云做篷驾寒流，域外飞仙半空游。
飘飘洒洒满天幕，窸窸窣窣散碎绸。
落入池塘痕迹丢，落入桂树成银裘。
何妨携手走江湖，地老天荒任白头。

作者分享

当冬日的第一场雪飘飘洒洒翩然而下的时候，和心爱的人携手出去走一走吧，一不小心就走到了白头！

气象科普课堂 二十四节气之小雪

小雪（公历 11 月 22 日或 23 日），冬季的第二个节气。雪是寒冷天气的产物，这个节气寒未深且降水未大，故用“小雪”来反映此时段寒流活跃、降水渐增的气候特点。

节气的小雪与天气的小雪无必然联系，两者具有不同的意义。小雪节气是一个气候概念，反映气温与降水量，是寒潮和强冷空气活动频数较高的时期；而天气预报中的小雪是指降雪强度较小的雪。气象学上，把 24 小时降雪量在 0.1 ～ 2.4 毫米的降雪称为“小雪”。

农谚“小雪雪满天，来年必丰年”有三层含义：一是小雪落雪，来年雨水均匀、无大旱涝；二是下雪可冻死一些细菌和害虫，减轻来年病虫害的发生；三是积雪有保暖作用，有利于土壤的有机物分解，增强土壤肥力。

大雪

惊喜琼花降九天，
片时天地着新棉。
群山镶玉真屏幕，
曲水蒙纱幻素颜。

作者分享

雪飞飘飘，大地很快就变得洁白一片，玉树琼枝，银蛇蜡像，世界犹如新生，曲水群山，美玉无瑕。

气象科普课堂 二十四节气之大雪

大雪（公历 12 月 7 日前后），冬季的第三个节气，是反映气温与降水变化趋势的节气，它的特点是气温显著下降、降水量增多。

节气大雪与天气大雪意义不同。从天气角度而言，24 小时降雪量达 5.0 ～ 9.9 毫米的降雪称为“大雪”，10.0 ～ 19.9 毫米时为“暴雪”，20.0 ～ 29.9 毫米时为“大暴雪”，大于等于 30.0 毫米为“特大暴雪”。

在二十四节气圭表测影地黄河中下游地区，全年降雪量最大的节气，既不是“小雪、大雪”，更不是“小寒、大寒”（因为那时气温更低、大气中水汽更少），而是春季的“雨水”节气。

大雪时节，除华南和云南南部无冬区外，我国辽阔的土地大都已披上冬装，东北、西北地区平均气温达 −10 ℃以下，黄河流域渐有积雪，而在更北的地方，已是“千里冰封，万里雪飘”的北国风光了。但在南方，特别是珠三角一带，却依然草木葱茏、多雾，一般 12 月是当地雾日最多的月份。

冬至

昼短夜长隆冬至，
九九寒歌今日始。
月辉清冷带幽香，
窗畔黄梅发几枝。

作者分享

越来越短的白天，在冬至这天达到极致。在北方，冬至这天一定要吃上一碗热腾腾的饺子，因为接下来就要开始“数九”了，天寒地冻。奶奶说：“没有饺子吃的孩子，耳朵会被冻掉的！”

气象科普课堂 二十四节气之冬至

冬至（公历 12 月 22 日前后），又称“日南至”“冬节”“亚岁”等，是冬季的第四个节气。冬至是太阳直射点南行的极致，阳光直射南回归线，太阳光对北半球最为倾斜，太阳高度角最小，是北半球各地白昼最短、黑夜最长的一天。这天过后太阳将走“回头路”，阳光直射点开始从南回归线向北移动，北半球白昼将会逐日增长。

冬至这天，太阳虽低、白昼虽短，但气温并不是最低。由于地表尚有积热，冬至之前通常不会很冷，真正的严寒在冬至之后。冬至过后，各地都将进入一个最寒冷的阶段，也就是人们常说的“进九”和“数九寒天”了。所谓“数九”，即从冬至算起，每九天算一“九”，过了九个“九”，刚好八十一天，即为“出九”或“完九”。从“一九”数到“九九”，冬寒就变成春暖了。

冬至，兼具自然与人文两大内涵，也是民间的传统祭祖节日，有“冬至大如年”的讲法。冬至习俗因地域不同存在着内容或细节上的差异，南方主要是祭祖、宴饮，北方家家户户更在乎吃顿热腾腾的饺子。

初冬暖日

日高暖意足，风轻云相逐。
林鸟啄红豆，黄菊绕青竹。
长溪送落叶，酣茶读闲书。
神游人欲困，光影斑驳图。

作者分享

秋冬相交之季，空气湿度小，天高云淡，层林尽染，大自然还是秋的锦绣绚烂，冬的肃杀远未到来，这时节，或山野远足，或窗前读书，都是很惬意的事！

气象科普课堂 二十四节气之小寒

小寒（公历 1 月 6 日前后），冬季的第五个节气。冷气积久而寒，小寒是天气寒冷但还没有冷到极点的意思。

冬至之后，冷空气频繁南下，气温持续降低，在一年的小寒、大寒之际降到最低。民谚有“小寒时处二三九，天寒地冻冷到抖”，说明了小寒节气的寒冷程度。小寒时节，我国大部分地区已进入严寒时期，土壤冻结，河流封冻，北方冷空气不断南下，天气寒冷，人们叫作“数九寒天”。

小寒一般在“二九”到“三九”的时段。根据我国长期以来的气象记录，在北方地区小寒节气比大寒节气更冷，有“小寒胜大寒，常见不稀罕”的说法。

我国南方虽然没有北方峻冷凛冽，但是气温也明显下降。南方最寒冷的时候是“小寒到大寒”和“雨水到惊蛰”这两个时段。小寒时是干冷，而雨水后是湿冷。

朔风

朔风起，层云矮，
尘卷落叶拍窗台。
农家野径一夜白，
早雪先至深山来。

作者分享

冬日里，伴随着一场冷空气在我国北方结集南下，北风怒号，气温骤降，冬的肃杀之气一下子就出来了。最先下雪的地方是高海拔的西部山区，光秃秃的杨树枝凝结着雪粒冰晶显得更加遒劲，炊烟也被风吹得在屋顶缭绕徘徊。

气象科普课堂 二十四节气之大寒

大寒（公历 1 月 20 日或 21 日），是二十四节气中的最后一个节气，是天气寒冷到极致的意思。

大寒处在“三九”“四九”时段，此时强冷空气频繁南下，民谚有“小寒大寒，无风自寒”“小寒大寒，冷成一团”，因为冬至节气以后，太阳光直射点在其后的一段时间内还在南半球，北半球的热量始终处于散失的状态，白天吸收的热量少于夜晚释放的热量，因此气温还在持续降低，在大寒节气时段降到最低。

大寒在岁终，过了大寒又立春，即迎来新一年的节气轮回。年节恰在立春前后，大寒一到，年味渐浓，因此这个节气充满了喜悦与欢乐的气氛，虽是农闲时节，但家家都在“忙”——忙过年，因此有“大寒迎年”之说。大寒至立春这段时间有很多重要的民俗，如除旧布新、制作腊味以及祭灶、除尘、贴窗花、贴春联等。

腊八

万户炊烟温酒觞，
梅香透窗入粥香。
岁暮大寒起年意，
游子乘梦回故乡。

作者分享

岁暮，年味就是从那一碗飘香的腊八粥开始的吧。当梅花盛开、炊烟在寒风里缭绕时，游子的思乡之心，就被撩动起来了。

气象科普课堂 腊八节

腊八节，俗称“腊八”，即每年农历腊月（十二月）初八这一天。腊八节是用来祭祀祖先和神灵、祈求丰收和吉祥的节日，又称“法宝节”“佛成道节”“成道会”等。

腊八节喝腊八粥的习俗来源于佛教。十二月初八这天是佛祖释迦牟尼成道之日，古印度人为了不忘佛祖成道以前所受的苦难，也为了纪念佛祖在十二月初八悟道成佛，便在这天以吃杂拌粥作为纪念。佛教从古印度传入中国后，各寺院都用香谷和果实做成粥来布施给门徒和善男信女们。最早的腊八粥是用红小豆煮，后经演变，加之地方特色，逐渐丰富多彩，基本上都包括谷类、豆类、干果类等。

民间有俗语“小孩小孩你别馋，过了腊八就是年”，过腊八意味着拉开了过年的序幕。北方每到腊八节，人们就忙着泡腊八蒜、吃腊八面、喝腊八粥。南方有的地方过腊八节，有的地方不过，比如广东人就不过腊八节。因为古代岭南水乡土著人都是靠水上捕鱼捞虾谋生，无人耕种熬制腊八粥所需的豆类、谷类，因此也不会有吃这些东西的习俗。

小年

二十三，过小年，家家扫尘炒糖粘。
花馍清酒敬财神，折梅研墨写春联。
囤鸡鸭，烹鱼鲜，红烛高照试新衫。
游子来信报归时，鹤发爷娘备团圆。

作者分享

从小年开始，就算正式过年了。先要扫尘，给灶王爷献上好吃好喝的，请他“上天言好事，下界保平安”。家家户户杀鸡宰羊，写春联、剪窗花，年货备足、新衣备好，就等着在外的亲人们都回来团聚过大年啦！

气象科普课堂 小年

小年，通常指扫尘、祭灶的日子，被视为“忙年”的开始，人们开始准备年货、打扫卫生，准备干干净净过个好年，表达了人们辞旧迎新、迎祥纳福的美好愿望。

由于各地风俗不同，被称为“小年”的日子也不尽相同。北方地区是腊月二十三，南方大部分地区是腊月二十四，江浙沪地区把腊月二十四和除夕前一夜都称为“小年”，南京地区称正月十五的元宵节为小年，云南部分地区小年日期是正月十六，西南和北方部分地区小年日期是除夕。

古时北方地区也是在腊月二十四过小年的，从清朝中后期开始帝王家就于腊月二十三举行祭天大典，为了“节省开支”，顺便把灶王爷也给拜了，因此北方地区百姓上行下效也提前一天在腊月二十三过小年。

春运

一年一度春运日，路网穿梭人如织。
雨雪雾霾何所惧，游子整装怕归迟。
老屋新扫炊烟直，鸡鸭鹅鱼鲜果饰。
门前灯笼照红福，鹤发爷娘计归时。

作者分享

每到春节临近，“回家过年”就成了很多游子的不二选择。我国特有的大规模的人口流动——春运开始了。家乡的父母早早就开始忙活着打扫卫生，采买鲜果鲜菜，备足鸡鸭鱼肉，贴好对联，挂好红灯笼，掰着手指头计算儿女到家的时间，就等着除夕守岁，一家人团团圆圆围炉话闲篇了。

气象科普课堂 除夕

除夕，是指岁末的最后一天夜晚，称为“岁除”，意为旧岁至此而除，另换新岁。除，是变换之意；夕，指夜晚。除夕与新岁首尾相连，谓之“岁穷月尽、挨年近晚”，是除旧迎新的重要时间交界点。

按照旧习俗，从小年开始，直到正月十五元宵节，将近一个月的时间称为“过年”，而“除夕”和“大年初一”又是其中最高潮的时段。除夕因常在农历十二月二十九或三十日，故又称为“大年三十”。家家户户清扫庭舍，除旧布新，张灯结彩，迎祖宗回家过年，并以年糕、三牲饭菜及三茶五酒奉祀。

除夕，在国人心中是具有特殊意义的，承载着中国人最热烈的情感和美好寄望。爆竹声中辞旧岁，烟花满天迎新春。除夕自古就有祭祖、守岁、吃团圆饭、贴年红、挂灯笼等习俗，也是汉字文化圈国家以及世界各地华人华侨的传统节日。

寒夜

潇潇阴雨连，肃杀北风寒。
霓虹阑珊处，家居烟火暖。
围炉话闲篇，衾暖幽梦远。
泥炉煨香粥，阿母备厚衫。

作者分享

北风呼啸、阴雨连绵的冬夜，自家窗口里的烟火气是人们最深的眷恋。家人团聚闲话，炉上煨着的汤粥散发着诱人的香气，母亲早备好了暖和的被褥、厚厚的冬衣。一家人在一起，就是最大的幸福！

气象科普课堂 暴雪

冬天，当云中的温度变得很低时，云中的小水滴不断凝华碰并结晶增大，成为雪花，当云下气温低于 0 ℃时，雪花可以一直降到地面而形成降雪。暴雪是指 24 小时的降雪量≥10毫米的降雪现象。暴雪一般集中在10月至次年4月，往往伴随大风、降温等天气一起出现，给交通和冬季农业生产带来影响。

对降雪的观测是气象观测的常规项目，包括降雪量、积雪深度和雪压。

降雪量：用标准的容器，将收集到的雪融化后测量出的量度。发生降雪时，须将雨量器的承雨器换成承雪口，直接用雨量器外筒接收降雪，待融化后量取，或用称重法测量。

积雪深度：当气象站四周视野地面被雪覆盖超过一半时要观测积雪深度，选择具有代表性且比较平坦的雪面测量，积雪深度以厘米（cm）为单位。

雪压：当积雪深度达到或超过 5 厘米时需要测定雪压，雪压以克 / 厘米^2 为单位。

冬寒

九寒隆冬天地远，
曲水半瘦绕荒山。
霜夜繁星共月华，
日高飞雁入云间。

作者分享

自冬至数九开始，让我们来一场古人发明的游戏："亭前垂柳珍重待春风"，九个字，每个字都是九笔，每天写一笔，等写完九九八十一笔，窗外已经春深似海了。多么令人心动的游戏啊！寒风刺骨的冬日，每天划着"九九消寒图"，心头充满希望！

气象科普课堂 暴雪预警

暴雪预警信号依据暴雪可能造成的危害程度、紧急程度和发展态势一般划分为四级，依次用蓝色、黄色、橙色和红色表示。

蓝色预警：12 小时内降雪量将达 4 毫米以上，或者已达 4 毫米以上且降雪持续，可能对交通或者农牧业有影响。

黄色预警：12 小时内降雪量将达 6 毫米以上，或者已达 6 毫米以上且降雪持续，可能对交通或者农牧业有影响。

橙色预警：6 小时内降雪量将达 10 毫米以上，或者已达 10 毫米以上且降雪持续，可能或者已经对交通或者农牧业有较大影响。

红色预警：6 小时内降雪量将达 15 毫米以上，或者已达 15 毫米以上且降雪持续，可能或者已经对交通或者农牧业有较大影响。

入冬

雨住风减寒意浓，
一霎秋去坠入冬。
落叶委地践入泥，
篱畔菊黄傲挺胸。

作者分享

秋向冬的转换，往往伴随着一场强大的冷空气。“一场秋雨一场寒”，前一天还是暖意融融，令人怀疑秋天的脚步是不是在倒着走，一场风雨，就把大自然的锦绣多彩换成了肃杀萧条。

气象科普课堂 低温冷害

低温冷害，指农作物生长季节气温比常年同期显著偏低而引起的灾害，简称“冷害”。农作物生育期间，如果遭受低于其生长发育所需的环境温度，其生育期就会延迟，或生殖器官的生理机能受到损害。低温冷害包括低温连阴雨、霜冻、寒潮等。

春季低温冷害：俗称“倒春寒”，是指初春（一般指 3 月）气温回升较快，而在春季后期（一般指 4—5 月）气温较正常年份偏低。倒春寒可使正处于返青或拔节生长阶段的冬小麦遭受不同程度的冻害，已经播种尚未出土的棉花、水稻等农作物出现烂种，已经出土的幼苗大量被冻死。

秋季低温冷害：又名“寒露风”，在寒露节气前后出现在我国南方，此时正是华南晚稻抽穗扬花期，如遇低温，会造成空壳、秕粒。

东北夏季低温冷害：东北地区冬季漫长，无霜期短，仅 100 ～ 200 天，≥ 10 ℃的积温在 1300 ～ 3700 ℃ · d，这种热量基本上能满足当地粮食作物的生长需求。当夏季平均气温明显偏低时，作物生育期延迟，未成熟的作物遇到低温冷害会造成其大幅度减产。

冬日宿鸭湖

头枕古城阙，衣衔汝河歇。
草盛宿鸭群，水远风清冽。
林杉红橙阶，天鹅闲游弋。
飞雁逐朝阳，暮霞藏玉珏。

作者分享

宿鸭湖是亚洲最大的平原人工湖，它位于古城汝南县，比邻汝河水，湖面浩渺无际，万亩芦苇荡是鸿雁、野鸭、天鹅等候鸟歇脚、越冬的乐园，冬日里，和谐壮美的生态画卷令人流连忘返。

气象科普课堂 极寒

极寒，是“极度寒冷天气”“极度寒冷气象环境”或“极度寒冷温度环境”的简称，是指冬季天气极度寒冷。为了准确表述寒冷程度，制定了“寒冷程度等级表”，由低到高共分为八级：一级为“极寒”，−40.0 ℃以下；二级为“酷寒”，−39.9 ～ −30.0 ℃；三级为“严寒”，−29.9 ～ −20.0 ℃；四级为“大寒”，−19.9 ～ −10.0 ℃；五级为“小寒”，−9.9 ～ −5.0 ℃；六级为“轻寒”，−4.9 ～ 0 ℃；七级为“微寒”，0 ～ 4.9 ℃；八级为“凉”，5.0 ～ 9.9 ℃。

极寒天气的出现，国际上主流观点认为是全球变暖造成的。北极地区变暖的速度是全球其他地区的两倍，大量冰川融化，海冰消融，极涡变得不稳定，进而会发生分裂和移位。极涡是一直存在的，一般情况下冬季时大量冷气团堆积在北极圈附近，当这个系统偏离极区的位置时，就会导致大范围的冷气团向中纬度地区倾泻，从而引发当地极寒天气。

晴冬

冬日唱晴歌，寒水绿如萝。
黄叶铺石径，飞雁相鸣和。
皓月洒银辉，繁星满银河。
南风北风轮，冷暖几起落。

作者分享

连日晴朗，冬日里也是一片美丽祥和的景象。湖水深沉碧绿，黄叶铺满石径，沼泽深处偶尔会传来雁鸣声。入夜皓月当空，繁星点点，银河璀璨。随着南北风转换，冷暖也会小幅度波动。

气象科普课堂 雾的形成原因、种类、危害

雾，指大气中因悬浮的水汽凝结使能见度低于 1 千米的天气现象。当空气中的水汽超过饱和量时，多余的水汽就会凝结成细微的水滴悬浮于空中，使地面水平能见度下降。

雾和云都是由于温度下降而造成的，雾实际上也可以说是接地的云。雾主要分为 3 种类型。

辐射雾：由辐射冷却形成，多数出现在晴朗、微风、近地面水汽比较充沛且比较稳定或有逆温存在的夜间和清晨。

平流雾：暖而湿的空气作水平运动，经过寒冷的地面或水面时，空气中的水蒸气逐渐受冷液化而形成雾。

混合雾：兼有以上两种原因形成的雾。

大雾会造成能见度降低，引发交通事故；会造成污染物不易扩散，组成雾核的颗粒很容易被人体吸入造成伤害，因此，雾大不宜在室外锻炼。

冬日小城

冬寒料峭暂缓，蓝天白云上线。
夜半星远霜重，日高流莺唱暖。
杏林仙境如幻，酣晒金绒厚毯。
绿树掩映红枫，小城福地恬然。

作者分享

一场寒潮过后，天空放晴慢慢回暖，但气温日较差大，白日里蓝天深邃、鸟儿欢唱，夜间月明星稀、寒重霜凝。杏叶金黄，红枫如燃，家乡小城风光秀美、恬淡闲适，真是一处宜居福地呢！

气象科普课堂 大雾预警及防御指南

大雾预警信号依据大雾可能造成的危害程度、紧急程度和发展态势一般划分为三级，依次用黄色、橙色和红色表示。

黄色预警：12 小时内可能出现能见度小于 500 米的雾，或者已经出现能见度小于 500 米、大于等于 200 米的雾并将持续。

橙色预警：6 小时内可能出现能见度小于 200 米的雾，或者已经出现能见度小于 200 米、大于等于 50 米的雾并将持续。

红色预警：2 小时内可能出现能见度小于 50 米的雾，或者已经出现能见度小于 50 米的雾并将持续。

大雾天气防御指南：注意收听天气预报；尽量减少户外活动，出门时戴上口罩，外出回来后立即清洁面部及裸露的肌肤；冬季低温下出现大雾，要注意防潮保暖；行车要减速慢行，须打开防雾灯，与前车保持足够的制动距离；机场、高速公路、轮渡码头注意交通安全，必要时暂时封闭或停航；注意加强电力系统设备维护工作。

雾

风弱气稳无动荡，
雾霾四起难阻挡。
夜空茫茫流星暗，
日色苍苍寒穹疆。

作者分享

晨雾白茫茫一片，整个世界仿佛都被缥缈的白纱笼罩，分不清天和地的界限，看不清道路、树木和人影，一切都是朦朦胧胧、若隐若现，像极了一个飘忽的梦。

气象科普课堂 雾和霾的区别

能见度：雾的水平能见度小于 1000 米，霾的水平能见度小于 10 千米。

湿度：雾的相对湿度大于 90%，霾的相对湿度小于 80%。相对湿度 80% ～ 90% 是霾和雾的混合物，但其主要成分是霾。

厚度：雾的厚度只有几十米至 200 米，霾的厚度可达 3000 米。

边界特征：雾的边界很清晰，过了“雾区”可能就是晴空万里；而霾与晴空区之间没有明显的边界。

颜色：雾是乳白色、青白色；霾是黄色、橙灰色。

成分：雾主要由微小水滴或冰晶组成，雾滴尺度一般为 3 ～ 100 微米；霾由肉眼看不见的复杂微小粒子等组成，霾粒子的直径仅 0.3 ～ 0.6 微米。

日变化：雾一般在午夜至清晨出现，日出后会很快消散；霾的日变化特征不明显。

季节变化：雾一年四季都可能出现，秋冬季为多发期；霾有明显的季节变化，冬季多，夏季少，春秋季居中。

指示意义：一般来说，雾有天气预报的指示意义，如谚语“十雾九晴”；霾更属于环境问题，在大气污染研究和空气质量预报中显得更重要。

冬雨

冬雨淅沥沥，
寒号鸟失啼。
冷冽水生雾，
冰晶柳成霓。

作者分享

冬天的雨，凄清阴寒，封禁了鸟鸣，打落了梅花，雨水落在树枝上结成了冰，满树遒劲的枝条像一道道包裹着盔甲的水晶霓虹。

气象科普课堂 雨凇

雨凇，指过冷却雨滴碰到冰点附近的地面或地物上，立即冻结而形成坚硬的冰层，通常是透明或毛玻璃状的紧密冰层。雨凇与地表水的结冰有明显不同，雨凇是边降边冻，能立即黏附在裸露物的外表而不流失，形成越来越厚的坚实冰层。

下雪天时电线积雪，高压线的钢塔会承受平时 2 ～ 3 倍的电线重量，但是如果电线上有雨凇，可能会承受平时 10 ～ 20 倍的电线重量。电线积冰后收缩，加上风引起的震荡和雨凇重量的影响，电线和电话线会不胜重荷而被压断，几千米甚至几十千米的电线杆成排倾倒，造成输电、通信中断。当路面上形成雨凇时，公路交通会因地面结冰而受阻，交通事故也因此增多。

由于冰层不断冻结加厚，常会压断树枝，因此，雨凇能大面积地破坏幼林、冻伤果树，对林业造成严重损失。坚硬的土壤冰层也能使覆盖在它下面的庄稼糜烂，如果麦田结冰，就会冻伤返青的冬小麦，或冻死早春播种的作物幼苗。

飞机在有过冷水滴的云层中飞行时，机翼、螺旋桨会有积冰，影响飞机空气动力性能，容易造成失事。

初雪

雪花一日惊鸿过，
树梢秋花冰晶裹。
婀娜倩影留不住，
寒烟湿雾漫城郭。

作者分享

初冬的第一场雪，如惊鸿一现，来得那么突然，去得那么决绝。树梢和盛开的花朵上包裹了一层冰晶，空气里弥漫着寒冷的水汽，如烟如雾飘荡在空中。

气象科普课堂 雾凇

雾凇，指空气中的水汽直接凝华，或过冷却雾滴直接冻结在地物迎风面上的乳白色冰晶，俗称“树挂”。雾凇在我国北方是很普遍的，在南方高山地区也很常见，只要雾中有过冷却水滴，并满足一定温度就可形成。通常，被过冷却云雾环绕的山顶上最容易出现雾凇，在寒冷的天气里，泉水、河流、湖泊或池塘附近也可形成雾凇。

当地面过冷却雾滴碰撞到同样低于冻结温度的物体时，便会形成雾凇。刚开始，空气中的水蒸气碰上该物体时凝华成固态，结成雾凇层或雾凇沉积物，雾凇层由小冰粒构成，在它们之间有气孔，接着无数冰点以下的雾滴随风在雾凇层上不断积聚冻黏，形成雾凇典型的白色不透明外表和粒状结构。由于各个过冷水滴的迅速冻结，相邻冰粒之间的内聚力较差，易于从附着物上脱落。

雾凇是人们普遍欣赏的一种自然美景，也是天然的“空气加湿器”“负氧离子发生器”和噪音“消音器”，对自然环境和人类健康具有一定的益处。

冬来

晴暖将尽，阴霾四起，
北风南下日千里。
秋去冬来，叶落成泥，
山川盛装换素衣。

作者分享

时令上的立冬，往往是在暖意十足的深秋。真正秋与冬的交替，需要一场势力强大的冷空气。北风一日千里狂卷落叶尘埃，秋的锦绣绚丽逐渐变得寥落素净，冬天才真的来了。

气象科普课堂 冻雨

当较强冷空气南下遇到暖湿气流时，冷空气像楔子一样插在暖空气的下方，近地层气温骤降到 0 ℃以下，湿润的暖空气被抬升并成云致雨。由于近地面的气温很低，当雨滴从空中下落到电线杆、树木、植被及道路表面时会冻结形成晶莹透亮的薄冰，气象上把这种天气现象称为“冻雨”。我国南方一些地区把冻雨又叫作“下冰凌”，北方地区称它为“地油子”或者“流冰”。

冻雨过后一般会形成雨凇或雾凇的景观。有人将雨凇等同于冻雨，其实两者是有区别的。冻雨是一种特殊类型的降雨，是一种天气现象，而雨凇是冻雨的结果，是一种灾害或景观。

雨凇造成灾害的可能性与程度都大大超过雾凇。雾凇的密度小，重量轻，对于电线、树木的破坏性要比雨凇小得多。

寒冬

湛蓝长空无纤云，
扑面寒气割耳轮。
皎阳炫目失暖意，
残荷萧瑟立冰纹。

作者分享

冬季，一场强冷空气过后，天气晴朗，碧空如洗，但北风割耳、寒意十足，炫目的骄阳也不能使人感觉到暖意，是典型的冬日“晴冷”。

气象科普课堂 霜冻

霜冻，一种常见的农业气象灾害，指气温突然下降，地表温度骤降到 0 ℃或以下，农作物受到损害，甚至出现死亡的现象。霜冻与霜不同，霜是指近地表温度降到 0 ℃或以下，空气中的水汽直接凝华在地表或物体上形成白色冰晶的天气现象。发生霜冻时不一定出现霜，出现霜时也不一定就发生霜冻。

霜冻多发生在冬、春季，多为寒潮南下、短时间内气温急剧下降至 0 ℃或以下引起；或者受寒潮影响后，天气由阴转晴的当天夜晚，因地面强烈辐射降温所致。温度低于地表和物体表面上有水汽凝结成白色结晶的是白霜，水汽含量少没有结晶的是黑霜，都会使农作物遭受冻害。

气象上，一般把秋季出现的第一次霜称作“早霜”或“初霜”，把春季出现的最后一次霜称为“晚霜”或“终霜”。因为初霜总是在悄无声息中使作物受害，所以有农作物“秋季杀手”的称号。从终霜到初霜的间隔时期，就是无霜期。无霜期越长，农作物生长期越长。

寒潮

北风呼啸携鸷寒，秋去冬来一夜间。
雨丝变作雪横飞，疾行乱舞空蒙天。
高树不曲青枝断，落叶凄惶满地旋。
行人未及换冬袄，缩首裹衫步艰难。

作者分享

冷空气气势汹汹，携风带寒呼啸而来，雨雪横飞、天地恓惶，世界瞬间变了模样，秋去冬来一夜间！

气象科普课堂 寒潮

寒潮，指冬半年来自极地或寒带的寒冷空气，像潮水一样大规模地向中、低纬度的侵袭活动。寒潮袭击时气温会急剧下降，并伴有大风和雨雪天气，对工农业生产、群众生活和人体健康等都有较为严重的影响。

依据《冷空气等级》(GB/T 20484—2017)，寒潮的划分指标为：日最低气温 24 小时内降温幅度≥ 8 ℃，或 48 小时内降温幅度≥ 10 ℃，或 72 小时内降温幅度≥ 12 ℃，并且使该地日最低气温下降到 4 ℃或以下。48 小时、72 小时内降温的日最低气温应连续下降。

我国幅员辽阔，南、北方气候差异很大。通常，北方采用的寒潮标准是：24 小时降温幅度≥ 10 ℃，或 48 小时降温幅度≥ 12 ℃，同时日最低气温下降到 4 ℃或以下；南方采用的寒潮标准是：24 小时降温幅度≥ 8 ℃，或 48 小时降温幅度≥ 10 ℃，同时日最低气温下降到 5 ℃或以下。

北风

北风呼啸卷尘埃，
雨脚横飞砸窗台。
夜半卧听折枝声，
兵戈铁马入梦来。

作者分享

北风怒号，飞沙走石，像一匹脱缰的野马卷着杂物在空中肆虐，天地之间黄尘蒙蒙，混沌一片，隔着窗子都能听到外面呼啸的风声。

气象科普课堂 沙尘暴

沙尘暴，指强风将地面尘沙吹起使空气很混浊，水平能见度小于 1 千米的天气现象。它的形成受自然因素和人类活动的共同影响。自然因素包括大风、沙源以及降水减少；人类活动是指过度放牧垦荒、滥伐森林植被等行为，会加速沙尘暴的形成和发育。沙尘天气强度由轻至重分为五级：浮尘、扬沙、沙尘暴、强沙尘暴、特强沙尘暴。

我国的沙尘天气路径可分为西北、偏西和偏北路径。西北路径起源于蒙古高原中西部或内蒙古西部，主要影响西北、华北和东北大部。偏西路径起源于蒙古国西南部或南部的戈壁、沙漠地区，主要影响西北和华北；偏北路径起源于蒙古国乌兰巴托以南广大地区，主要影响西北地区东部、华北大部和东北南部。

我国北方主要有 4 个沙尘暴中心和源区：甘肃河西走廊及内蒙古阿拉善盟；南疆塔克拉玛干沙漠周边地区；内蒙古阴山北坡及浑善达克沙地毗邻地区；蒙陕宁长城沿线。观测表明，肆虐我国的沙尘天气 2/3 起源于蒙古国南部地区，途经北方时得到沙尘物质的补充而加强，境内沙源占 1/3 左右。

寒潮前

林荫锦绣七彩廊，
云天裂隙漏辉光。
青鸟早知寒将至，
携枝衔草筑高墙。

作者分享

寒潮冷空气来临之前，天气往往格外平静，晴空白云，旭日暖风，到处祥和一片。这是因为当强冷空气来临时，冷锋前西南暖湿气流会明显发展，冷气团的逼近又使得暖气团受到挤压堆积，导致气温明显上升。

气象科普课堂 厄尔尼诺和拉尼娜

厄尔尼诺：19 世纪时，南美洲太平洋沿岸渔民发现，每隔几年，10 月到次年 3 月都会出现自北向南的暖流，使得秘鲁沿岸海水比正常时候偏暖很多，造成秘鲁渔场中喜欢冷水的鱼类大量死亡。由于这种情况在圣诞节前后最为严重，当地渔民称之为“厄尔尼诺”（西班牙语中“小男孩”或“圣婴”之意），秘鲁渔场也因此成为厄尔尼诺现象的发源地。

拉尼娜：发生在赤道太平洋中部和东部的海水异常偏冷事件被称为“拉尼娜”（西班牙语中“小女孩”之意），它与厄尔尼诺现象正好相反，也称为“反厄尔尼诺”或“冷事件”。

当赤道中东太平洋海域海表温度高出常年平均值 0.5 ℃时，即进入厄尔尼诺状态，这种状态持续 6 个月以上便形成一次厄尔尼诺事件，反之则是拉尼娜事件。厄尔尼诺和拉尼娜尽管发生在赤道太平洋，却可以给千里乃至万里之外的国家和地区带来巨大影响。大气环流系统会受此影响发生改变（即“大气桥”或“遥相关”），从而对东亚、南亚、非洲、北美大陆上的国家和地区造成重大灾害性影响。

无常

风云雨雪天无常，
四季轮回度沧桑。
寒冬犹有艳阳在，
暗夜七星驱迷障。

作者分享

世事无常，风雨无常。风雨犹可测，人事知几何？跌落到谷底时，下一步就该上升了。所以人永远都不要灰心绝望，寒冬里也有艳阳天，挨过暗夜才能看到黎明的曙光！

气象科普课堂 全球变暖背景下极端天气气候事件增多

联合国政府间气候变化专门委员会（IPCC）第六次评估报告指出，1970 年以来的 50 年是过去 2000 年以来最暖的 50 年，2020 年全球平均气温比 1850—1900 年高 1.2 ℃；1901—2018 年全球平均海平面上升了 0.20 米，上升速度比过去 3000 年中任何一个世纪都快；2019 年全球二氧化碳浓度达 410 ppm（1 ppm=10^{-6}），高于 200 万年以来的任何时候。

地球大气每升温 1 ℃，就能多吸收 7% 的水蒸气，并在日后形成降水。全球变暖导致一些地区暴雨、洪涝、干旱、台风、高温热浪、寒潮、沙尘暴等极端天气气候事件频繁发生，而且强度增大，过去“几十年一遇”甚至“百年一遇”的极端天气气候事件，正变得越来越常见。全球变暖加剧了气候系统的不稳定性，是造成极端天气气候事件频发、强度增强的根本原因。

为了更好地应对全球变暖和极端天气气候事件，人类应加强国际合作，提高天气气候预测准确率，完善气象预警机制。社会各界应提高气象灾害风险防范意识和能力。